춤을 추면서

장광자 수필집

춤을 추면서
장광자

2013년 5월 25일 초판 1쇄 발행

지은이 장광자
펴낸이 조기수
펴낸곳 출판회사 헥사곤 Hexagon Publishing Co.
등 록 제 2012-000044호
주 소 경기도 성남시 분당구 미금로 63, 무지개마을 304-2004호
전 화 070-7628-0888 / 010-3245-0008
이메일 3400k@hanmail.net

ISBN 978-89-98145-12-5

* 이 도서는 2013년 부산문화재단 지역문화예술육성지원사업의 일부지원으로 제작되었습니다.

춤을 추면서

차 례

1

영혼의 소리

2

이 시대의 마지막 선비

3

주위를 돌아보며

4

인생은 연극

5

아름다운 화해

머릿말

십여 년 만에 다시 책을 엮는다. 세 번째 수필집이다.
글을 다듬고 나름대로 심혈을 기울였지만 마음 한구석 미진함이 남는 건 어쩔 수 없다.

원고를 정리하면서 문득 나무에게 미안하다는 생각이 들어 잠시 머뭇거렸다.
온몸을 종이로 내 주고 한 생을 마감한 나무의 몫까지 다 할 수 있을지, 그만큼이라도 값진 일이 될 수 있을 지 자신이 없다.

내게는 일찍이 글쓰기를 지도해 주신 두 분 선생님이 계신다.
그 분들은 한결같이 글을 남발하지 말 것을 당부하셨다. 한 편의 글만 봐도 그 사람의 모든 것이 담겨 있으므로, 여기저기 얼굴 내밀지 말고 내공을 쌓는 일에 진력하라는 가르침을 주셨다.

그동안 발표했던 작품을 묶어 세상에 내놓으려니 새삼 그 분들의 당부가 생각나면서 조심스런 마음이 된다. 그러나 잘난 자식도 못난 자식도 있는 법이라고 스스로를 위로하며 내 손에서 떠나보낸다.

풀씨처럼 멀리 날아가 다른 사람의 가슴에 따뜻한 위무의 손길이 된다면, 잠시나마 상념에 잠길 수 있는 여유를 제공한다면 더 바랄 것이 없겠다.

주변에서 소재를 찾다보니 본의 아니게 가족들 험담을 하게 되어, 착한 자식들에게 미안한 마음 그지없다. 어줍은 글 쓰느라 그리 되었음을 미루어 짐작해주면 고맙겠다.

책을 발간하는데 애써 주신 '출판회사 헥사곤'의 조기수 사장님을 비롯하여 관계자 여러분에게 감사의 인사를 드립니다.

2013년 5월

승학산 자락에서

장 광 자

1 영혼의 소리

식혜같이

내가 식혜 만들기를 좋아하는 것은 솥뚜껑을 열었을 때, 동동 떠오른 밥알을 보는 반가움 때문이지 싶다.

야유회나 모임이 있는 날은 간혹 식혜를 해 간다. 사람들은 반색을 하면서도 손이 많이 가는 걸 해 왔느냐고 하지만, 좋아서 하는 일은 힘든 줄을 모르기 마련이다.

요즘은 전기밥솥이 있어서 온도를 한결같이 유지할 수 있으니 재를 넘길 일도 없다. 뜨겁거나 오래 두어도 쉬어질 일이 없는 것이다. 옛날 같으면 아랫목에 묻어두고 혹시나 싶어 열어 보곤 하지만 그럴 염려도 없다. 여덟 시간쯤 지나면 잘 되었다는 신호처럼 떠오른 밥알을 보고 끓여야하기 때문에, 식혜 만드는 날은 밖에 나갈 일을 만들지 않아야 할 뿐이다.

우리나라 음식 중에는 쌀로 만든 음식이 많다. 밥을 비롯하여 약밥도 있고 튀밥도 강정도 있다. 고두밥을 쪄서 누룩으로 버무려 띄운 술도 있고, 엿기름 치댄 물로 밥을 삭힌 식혜도 있다. 날이면 날마다 먹는 밥에게는 미안한 말이지만 그 중에도 맛있는 것이 식혜다. 그래서 그런지 내 마음속에는 죽도 밥도 튀밥도 아닌 식혜처럼만 살았으면 하는 바람이 있다.

수많은 밤을 잠 못 들어 뒤척였고, 아직도 부모로서 숙제가 끝나지 않은 채 살고 있지만, 그래도 밥알 본래의 모습을 잃지 않으면서 단물에 삭아 떠오르는 식혜 정도로만 살기를 염원하게 된다. 태풍이나 광풍 속에서도 새 잎을 틔워내는 나무처럼 의연히 견디며 살아가는 사람들을 보면, 식혜처럼 되고 싶은 내 소망은 하잘 것 없어 보인다. 그러나 삭지 않으면 밥알은 뜰 수가 없다. 몇 시간을 뜨거운 열 속에서 버티다가 더는 견딜 수 없어 위로 떠오른 밥알은 손가락을 대고 문지르면 힘없이 스러지지만, 제 모양을 간직한 채 동동 뜨는 양을 보며, 나도 딱 저만큼의 모습이기를 바라는 마음인 것이다.

사는 것은 견디는 일이다. 무쇠는 불구덩이 속에서 견뎌야만 연장으로 거듭나고 밥알도 오래 삭아야 식혜로 거듭난다. 나도 살아 오면서 무던히 삭은 것 같은데 아직도 거듭나기는 멀다. 사람 사는 이치를 웬만큼 알아차릴 나이가 됐는데도 걸핏하면 살아 온 날이 허무하고, 이랬더라면 저랬더라면 하며 부질없는 공상에 마음을 뺏기는 걸 보면, 삭아서 뜨는 밥알만도 못하다.

그 엄마에 그 딸이라 했던가. 애기를 낳고 갓 어미가 된 딸이 전화 속에서 엉엉 울어서 무슨 일이나 생긴 줄 알고 놀래서 기함을 했다. 갓난쟁이가 밤새 보채고 울어서 감당이 안 되며, 노력해서 될 일 같으면 애를 써 보겠는데 그것도 아니고, 앞으로 애한테 이렇게 매일 생각을 하니 눈물밖에 안 나온다고 울었다.

세상일이 노력한대로 이루어진다면 무슨 걱정이며 감당 못할 일이 어찌 그 일뿐일까. 처음으로 애기를 낳았으니 막막하여 그렇겠지만, 그냥 크는 아이가 어디 있을라고.

한 밤중에도 몇 차례나 깨어서 젖먹이고 기저귀 갈아주고, 칭얼대면 안고 방을 도느라 잠을 설치기도 한다. 그렇게 하면서 비로소 부모가 되고 어른으로 거듭나는 셈이다. 밥알이 식혜가 되기 위해 오랜 시간을 견디듯이 그렇게 생 속이 삭으면서 새로운 사람이 되는 것. 자고 싶으면 자고, 가고 싶으면 가던 날은 봄날이었음을 겪지 않으면 어찌 알겠는가.

그래도 아기가 방긋방긋 웃기 시작하면 오만 시름 다 잊고, 자식 크는 재미에 세월 가는 줄 모르기 마련이다. 우리 모두 그런 부모의 노심초사 속에 자랐음을 딸아이도 이제부터 차츰 알아 갈 것이다.

평소에는 아무 탈 없이 잘 나다니다가 하필 딸이 애기 낳을 무렵에 허리를 삐끗해서 딸 보기가 말이 아니었다. 갈 데 가지 않을 데 칠락팔락 다닌 탓이려니 반성하면서도, 꼭 가야할 자리에 가지 못하는 마음이 편치 않았다.

산후 도우미가 온다고 안심을 하고 있었더니, 전화 속에서 우는 딸아이를 어쩌지 못해, 동서와 올케를 차례로 보내 봤으나 별로 달라진 게 없다. 여전히 울먹이는 전화를 받으니 더는 어쩔 수 없어 아픈 몸을 이끌고 서울에 갔다.

아기 기저귀도 갈아주고 목욕도 같이 시키고, 돼지족발도 고아먹이면서 초보엄마가 된 딸을 보살피고 왔다. 그러면서 밤도 새벽도 없이 우는 아기를 함께 달래다가 뜬금없이 찔뚝 없는 짓도 했다. “이렇게 키워놔도 커면 대 든단다.” 고 마땅찮은 말을 해서 딸이 눈을 동그랗게 떴다. 착한 딸한테 그런 말이 왜 불쑥 나왔는지, 나도 친정어머니에게 잘도 타박을 했던 처지에 꼭 이런 말 해주러 간 꼴이 되었다. 식혜처럼 삭으려면 아직 갈 길이 멀다.

어찌되었건 치료를 중단하고 가서 무리를 한 탓에 허리는 되감겨 고생 중이지만 견딜 수밖에, 앞으로 또 얼마나 더 견디고 더 삭아야 될지, 부모노릇이 그리 쉬운 게 아님을 살아갈수록 느끼게 된다.

이제 갓 어미 된 딸도 더도 덜도 말고 알맞게 삭아서 동동 떠오르는 밥알처럼 살아가기를, 그래서 맛있는 식혜가 되어 다른 사람의 목을 축일 수 있다면 더 바랄 것이 없겠다. (2010)

작두 위에서

가는 날이 장날이라더니 용두산 공원에는 큰 굿판이 벌어져 있었다. 희한한 일이었다. 무당이 북소리에 맞춰 춤을 추는 마당에는 돼지 머리 갈비짝은 말할 것도 없고, 온 마리 돼지가 두 마리나 널브러져 있는가 하면, 과일이며 떡은 더 이상 얹을 수 없을 만큼 괴여있었다.

결혼식이 있어 시내에 나왔다가 집으로 돌아가는 길에 용두산 쪽으로 발길을 돌렸다. 휴일 낮, 화창한 날씨에 끌려 친구랑 슬슬 올라가노라니 고등학교 다닐 때 백일장에 참석하러 왔던 생각이 났다. 한때 우남공원이라고 불리던 그곳에는 가로수가 자라 터널을 이루고 있었다.

이 오랜만의 나들이를 위해 준비라도 해둔 양, 문광부와 부산시가 후원하고 한국민속문화 경신연합회가 주관한다는 '용두산 산신대제'라고 쓴 현수막이 걸려있다. 이 도시에서 참으로 보기 드문 진풍경이 벌어지고 있었던 것이다.

날라리는 흥을 돋우고 북잡이의 추임새가 공원을 휘젓는 관객석에는 하릴없는 노인들이 진을 치고 있었다. 구석에 끼어 앉아 손뼉을 치며 구경하는 재미에 빠져있노라니, 떡과 과일을 날라다 주고 과자를 던져

주어서 그걸 받아 먹으며 참으로 즐거운 시간을 보냈다.

가을 깊은 날 오후, 낙엽은 날리고 중국에서 여행 오는 학생들의 관광버스가 끊임없이 와 닿는 용두산 공원, 이 도심에서 굿을 보고 떡도 먹으며 한나절을 보내는 행운이 있을 줄이야. 우리는 소꿉놀이 하며 해 지는 줄 모르던 어린 날처럼 날이 저물도록 앉아있었다

무당이 사람들 머리 위에 오방색 수기를 흔들며 구슬픈 소리를 하는 걸 들으면서 삶의 질곡 속에 실오라기라도 잡고 싶을 만큼 절망적일 때, 저 심금을 울리는 사설은 얼마나 위로가 되었을까 하는 생각이 들었다.

삼지창을 들고 철릭을 펄럭거리며 작두 위를 걷는 양을 볼 때는 온몸이 오그라드는 듯했다. 긴 사다리 같은 열두 작두, 철봉같이 생긴 쌍작두, 용의 몸을 한 구름 작두를 맨발로 오르는 박수무당을 보며, 저이들이 보여주고자 하는 것은 무엇일까 하는 의문이 생겼다.

사는 일이 작두 타는 일과 다르지 않다는 걸 보여주려는 것일까. 살다보면 칼날 위에 서는 것처럼 소름 돋는 일이 어찌 한두 번이며, 온마리 돼지를 짊어지고 사다리 오르듯 차근차근 열두 작두를 올라가는 저 고행도 우리의 살아가는 모습과 다르지 않을 것이다. 건장한 남자를 둘러메고 작두 위를 걸어가는 모습, 역시 저마다 주어진 십자가를 메고 힘겹게 인생 길 걸어가는 우리 모습이다. 작두 위에 올라선 채 그네를 타는 지경에 이르러서는 어차피 들이닥친 역경을 신나게 즐기기나 하자는 여유처럼 보였다.

나는 일어나 가서 작두날을 손으로 만져보았다. 도끼날 같은 칼날이었다. 땅 위를 가듯이 그렇게 걸어갈 곳이 아니었다. 그 날선 칼날 위

에 맨발로 선 박수무당의 곡예는 바로 지난한 길을 걸어온 우리에게 보내는 위무의 몸짓인 듯, 내게도 나락으로 떨어지는 것 같은 절망의 순간들이 있었음을 기억해내고 나도 모르게 긴 한숨이 나왔다.

지나고 보면 사는 일이 한 판의 굿과 다르지 않음을 알게 되지만, 그 지나는 고비 고비는 그냥 지나가는 일이 없다. 그러다가 그 굿이 끝나는 마당에 이르면 시름없이 지는 꽃처럼 그렇게 스러져가리라는 것 또한 자명한 일이다.

연전에 전라도 진도에 갔을 때 씻김굿을 본 적이 있다. 하얀 상복을 입은 무당이 먼지떨이처럼 생긴 흰 천 묶음을 들고 열심히 씻어 내리는 시늉을 하는가 하면, 기다란 무명베에 마디를 매어, 고를 푼다면서 마디마디를 풀던 양을 보며, 억울하게 죽은 원혼들을 그렇게 씻기고 원을 풀어서 좋은 곳으로 보내는 작업이 눈물겹기까지 했다.

바닷가에 사는 사람들은 생업이 배를 타고 나가는 일이었을 테니 높은 파도에 풍랑에 어쩔 수 없이 당할 수밖에 없고, 그 혼들은 돌아오지 못하고 원혼이 되어 바다 속 깊이 가라앉아 있었을 것이다. 진도는 오돌목이 있는 곳이라 임진왜란 때 몰사한 왜군의 넋도 건져 올려 달래고 쓰다듬어 좋은 곳으로 보낸다고 했다.

내가 처음으로 굿을 본 것은 초등학교 방학 때, 외갓집에 갔다가 못에 빠져 죽은 아이의 넋을 건져 올리는 굿을 보았다. 놋주발에 쌀을 담아서 낚싯대에 매달아 못에 빠트리며 사설을 하던 정경이 눈에 선하다. 생떼 같은 자식을 그렇게 잃어버리고 넋이 물 속에서 나오지 못하고 있을까봐 혼을 끌어올리느라 굿을 하넌 그 어머니의 참혹한 심정을 그때는 알 리 없었다.

요즘도 해수욕하러 갔다가 물에 빠져 죽는 사람이 한 둘이 아니고, 더러는 태풍에 휩쓸려 사라져버린 사람들을 보면서, 그 가족들의 참담한 마음을 내 일인 듯 짐작하게 된다. 그런 일을 당하면 어찌 작두 위에 선 심정이 되지 않겠는가. 작두 위에 서서 뛰고 굴리는 박수무당이 우리의 그런 심정을 대신하여 보여주고 있겠거니 생각하면 손뼉치고 웃을 일만은 아닌 것이, 눈가에 이슬이 맺히도록 사는 일이 처절함을 느끼게 된다.

요즘에는 교회와 성당과 절이 그 역할을 대신하고 있지만, 그래도 해결할 수 없는 삶의 질곡들이 있어 그 무력감에 절망하는 일이 어찌 없겠는가. 우리 집 근처 산에는 옛날부터 있어 온 당이 있어 곧잘 무당들의 쇳소리가 들린다. 아침 산책 길에 보면 마른 명태나 과일을 싸들고 차에서 내리는 아낙들이 있다. 천지신명과 조상에게 빌고 또 빌며 곤란에서 벗어나기를 바라는 그 애원이, 쇳소리를 듣는 내 가슴에 아프게 울려오곤 한다. (2006)

장닭의 마음

모처럼 시골의 친구 집에서 하루를 묵었다. 싸아한 아침공기가 좋아 마당에 서있는데 느닷없이 장닭이 확 솟구치며 달려들었다. 얼마나 놀랐던지 뒤로 주춤 물러섰다가 '저게 감히 사람한테' 하는 생각이 들어서 옆에 있는 돌멩이를 주워 던지다 생각해도 어이가 없어서 따라가며 돌을 던졌다. 그러고도 혹시나 싶어 돌을 쥐고 닭을 주의깊게 살폈다.

암탉이 두어 마리 따라다니고 있었는데, 새삼스레 장닭의 당당한 모습이 눈에 들어왔다. 꼿꼿이 볏을 세우고 늠름하게 암탉을 데리고 다니는 품이 꼭 집안의 가장 같아 보였다. 그렇다면 암탉을 보호한다고 내게 달려들었을까, 아니면 내가 낯설어서 그랬을까, 그 까닭을 알 수가 없었다. 개가 짖어대는 거야 그러려니 하지만 닭이 왜 사람에게 덤빈단 말인가. 놓아기르는 닭이라 혹시 야성이 살아나서 그랬을까. 닭이 사람의 말로 통하는 사이였다면 나는 그 이유를 따져 물었을 것이다.

그러고 보니 어린 시절 우리 집에도 닭장이 있었고 따뜻한 알을 꺼내던 기억이 있다. 그러나 닭이 사람에게 그렇듯 사납게 덤비는 꼴을 본 적이 없다. 나는 놀란 가슴을 진정하며 그 이유를 생각하다가 방으로 들어왔다.

인심 좋은 주인과 달리 웬 닭이 그렇게 사나우냐고 이야기를 꺼내니 기다렸다는 듯이, 뭔가 잘 모르는 모양이라며 닭 역성을 들었다. 장닭은 쌈닭으로 나갈 만큼 사납기도 하고, 낯선 사람이 닭장에 알을 꺼내러 가면 덤비기도 하지만, 땅을 후벼 파서 지렁이나 지네 같은 게 나오면 암탉을 불러 먹일 만큼 자상하다는 것이다. 사실 나는 닭에 대해 아는 것이 거의 없었다. 짐승이 사람한테 덤빈다고 화를 내기만 할 일이 아니라는 생각이 들었다.

비록 닭이 짐승이지만 그 나름대로 생각이 있다는 얘기도 나왔고, 어느 집안에 전해 오는, 사람의 애정보다 더 가슴 아린 닭의 사랑이야기를 듣게 되었다. 닭이 사람을 감동시킨 나머지 주인이 몸가짐을 고쳐 했다는 내용이었다. 그 자리에 같이 있던 한 친구의 외가에서 있었던 실화로, 그 집안에서는 전설처럼 회자되고 있다는 것이다.

어느 해, 그 댁에서 닭을 한쌍 사다 키웠는데, 두 마리의 사이가 좋아 꼭 금슬 좋은 부부 같았다고 한다. 장닭은 지렁이가 보이면 암탉을 부르고, 그러면 암탉은 뒤뚱거리며 달려가 받아먹는가 하면, 해가 지면 횃대에 나란히 앉아 자곤 해서 여간 보기 좋은 게 아니었다 한다. 그러다가 암탉을 한 마리 더 사 와서 같이 있게 되자, 그때부터 장닭의 행태가 눈에 띄게 변했다는 것이다. 지렁이라도 보이면 새로 온 암탉에게 먹이느라 예전의 암탉을 사정없이 쪼아대는가 하면, 해가 지면 횃대에 얼씬도 못하게 하느라 푸드득거리고 꼬꼬댁거리며 법석을 떨었다고 한다. 결국은 새로 온 암탉과 나란히 앉아 지내고, 쫓겨난 암탉은 밑에서 혼자 자곤 했다는 것이다. 고개를 외로 꼬고 앉아 있는 양이 불쌍해 보이기까지 했다는데, 그런 일이 몇 번 반복되더니 닭장은 곧 조용해지고 새로운 질서 속에 평화가 찾아온 듯 보였다고 한다.

그러던 어느 날, 새로 들어온 암탉이 깜빡깜빡 졸기를 자주 하더니 결국 먹이도 잘 먹지 않고 병에 걸려 시름시름 앓다 죽어버렸다고 한다. 다시 예전처럼 두 마리만 남게 되었는데, 기괴한 일이 벌어진 것은 그때부터였다. 밤이면 닭장에서 다시 푸드득거리는 소리가 들려서 가보면 장닭이 암놈에게 작업을 거는데, 그 암놈이 계속 피해 다니며 꿈쩍도 하지 않아 장닭의 애를 태우는 건 물론, 결단코 횃대에 같이 앉는 법이 없었으며, 낮에도 따로따로 돌아다니는 양을 보게 되었다고 한다.

이 일로 인해 그 집안에 놀라운 일이 생겼는데, 첩실을 두었던 그 집의 주인인 외삼촌이 얼마간의 돈을 싸들고 작은 집을 찾아가 그 날로 관계를 청산하고 왔다는 것이다. “짐승이 저러한데 사람은 오죽하겠느냐.”고 하면서.

이 이야기를 듣자 짐승이라고 업신여긴 내가 머쓱해지기 시작했다. 사람의 언어로 말 하지 못할 뿐, 그들 나름대로 까닭이 있어 사람한테 덤비기도 하고 목청껏 울기도 하리라 짐작이 갔다. 그러나 미루어 생각할 뿐, 장닭의 마음을 종내 알 수는 없었다. 그 이야기를 들으면서 사람의 마음과 짐승의 마음이 둘이 아님은 알겠는데, 내가 저를 해롭게 한 것도 아닌데 왜 덤볐을까 하는 의문이 들었다.

어느 생에 내가 닭을 못살게 괴롭힌 적이 있었을까. 아니면 작년 겨울에 몸 보신한다고 장닭을 삶아먹은 적이 있는데 그 과보를 지금 받은 것일까. 세상만물이 모두 한마음이라는 성현의 말씀을 깨치지 못한 나의 우둔함이 답답하게 생각된 하루였다.

그런데 우리가 돌아 온 날 밤, 놀랍게도 그 닭들이 이웃집 진돗개에게 물려 모두 죽어버렸다는 소식을 듣게 되었다. 펄펄 뛰면서 사람한테 덤비더니, 정답게 몰고 다니던 암탉과 함께 그렇게 가버릴 줄 상상이나 한 일인가.

내일 어떤 일이 닥칠지 알 수 없다는 점에 있어서도 사람의 삶과 다르지 않음에 생각이 미친다. 생명 있는 것의 속절없음에 새삼 가슴이 서늘해진다. (2008)

춤을 추면서

새 잎이 돋아나는 산속에서 화전놀이를 했다. 어릴 때 사금파리로 소꿉장난을 하듯이 옹기종기 모여앉아, 하얗고 동그란 찹쌀 반죽 위에 연분홍 꽃잎을 올렸다.

암자라 부르기도 송구한 조그만 토굴, 그 앞마당에서 차 끓이고 화전 붙여 불전에 올리고 나는 버선발로 춤을 추었다. 재미로 배운 춤을 부처님께 보여드리는 날이 오리라고는 미처 생각을 못했다.

고요가 드리운 뜰에 대금가락은 구성지고, 그 곡조를 따라 하얀 도포에 갓을 쓴 나는 춤을 추며 잔디밭을 돌았다. 유치원에서 배운 춤을 부모 앞에 자랑하는 아이처럼 수줍어하면서. 그런데 어쩐 일인지 가슴이 뭉클해지며 눈시울이 뜨거워졌다. 일시에 소리가 멎은 듯 아무 소리도 들리지 않고 부채를 접었다 폈다 하며 나는 그 정적을 깨트리고 있었다.

춤이 끝나자 그 자리에 있던 몇몇이 사진을 찍자며 내 곁에 왔다. 나는 기꺼이 모델이 되어주었다. 진달래 애린 빛으로 피어나던 그 산골짜기에 홀연히 옛 선비가 나타나 여인들의 가슴을 설레게 했던가 보다.

사실, 갓 쓰고 도포 입은 내 모습을 처음 보았을 때, 너무도 생소해서 눈물이 나도록 웃었다. 어찌보면 무당차림 같기도 했다. 철릭에 패랭이를 쓴 무당이나 남자 옷을 입을까, 멀쩡한 여자가 도포에 갓을 쓴 꼴을 본 적이 없다. 내 모습에 내가 적응이 되지 않아 도포를 입은 채 동정이 땀에 젖도록 연습을 했다. 옷이 몸에 붙은 뒤라야 춤이 될 것 같았기 때문이다.

그러고 보니 지난 몇 해 동안 연습만 했을 뿐, 공연을 해 본 적이 없다. 춤을 배울 때는 연습복을 입으므로 한량춤이 남자가 추는 춤이라는 사실을 까맣게 잊고 있었다. 정작 의상을 갖춰 입고 보니, 전에는 본 적이 없던 선비로 화해 있었던 것이다. 선풍도골이 따로 없다며 놀리는 친구들 말대로라면 도포 입은 모습이 제법 어울린다는 뜻이다. 그렇다면 혹시 나는 전생에 남자였던 것일까. 그래서 한량처럼 춤을 추는 것일까. 그러고 보면 자잘한 집안일이 그렇듯 하기 싫었던 것도 이런 까닭이 있었는지 모르겠다.

며칠 전 강화도에 갔다가 신원사라는 절에서 혀로 목탁 소리를 내는 소를 본 적이 있다. 그런 소가 있다는 소문을 듣고, 그곳 스님이 데려왔다는 소 세 마리가 모두 혀를 내둘리며 목탁 소리를 냈다. 깜짝 놀랄 만큼 목탁 소리 같았다. 과일을 먹지 않는 여느 소들과는 달리 바나나를 주니 잘도 받아먹었다. 그렇지만 영단靈壇에 놓였던 과일은 고개를 돌린다고 했다. 평소 스님들도 영단에 놓인 음식은 먹지 않는다는 말을 들은 것 같은데, 그렇다면 이 소들은 어찌된 일일까. 모르긴 하지만 이생에 와서 그런 버릇을 익히지는 않았으리라는 생각이 들었다.

어쩌면 나도 그 소처럼 현생과 다른 전생을 살았던 건 아닐까. 그래서 등산이나 여행처럼 밖으로 나도는 일이라면 신이 나고, 씻고 닦는 집안일은 시늉만 냈던 건 아닌지. 한량처럼 신명을 내는 일도 전생의 어느 마당에서 하던 짓이 되살아난 건 아닌지 모르겠다.

잠이 오지 않는 밤이면 장롱을 닦는다는 친구의 말을 듣고 놀라 입을 다물지 못한 적이 있었다. 낮에도 하기 싫은 일을 밤에까지 하다니, 나로서는 이해가 되지 않았다. 잠이 오지 않으면 책을 보든가 컴퓨터 앞에 앉아 노닥거리지, 꿈에라도 걸레를 손에 쥐고 어디를 닦아 볼 생각을 해본 적이 없다. 이런 성정을 가지고 세 아이를 낳아 기르는 주부로 살았으니 그 어설픔과 고달픔이 어땠을까. 그런데 그렇듯 마지못해 했던 일도 오래 살다보면 익숙해지는 것일까.

어느 날 밤, 무심히 앉아 쪽파를 다듬고 있는 나를 보았다. 평소 주저없이 손질 된 것을 사오던 나와 다른 모습이었다. 남편이 한 사흘 집을 비운 날이었는데, 전 같으면 얼씨구나 하고 밖으로 나가든지, 친구를 불러다 밥을 해 먹이며 놀았을 텐데, 어쩐 일인지 집안에서 지내고 있었다. 옛날 여인들이 바느질을 하며 밖으로 나도는 남편을 기다리듯이 지루한 줄도 모른 채 밤이 이슥하도록 파를 손질했다.

사람의 성정은 쉽게 변하지 않는다는데 무슨 바람이 불어서 밤늦도록 파를 다듬는 것일까. 평소에는 하지 않던 짓이어서 나 지신이 의아했다. 여자 몸으로 육십여 년을 살았으니 그 사이 자연스레 달라진 것일까.

그래서 그런지 이즈음 춤에 내한 관심도 달라지고 있다. 아마도 한량춤 다음에는 여인의 춤인 살풀이를 추게 될 것 같다. 요즘 그 살풀이춤을 열심히 따라하면서 벌써부터 춤추는 내 모습을 그리고 있다.

평소에 예쁜 리본을 묶거나 핀을 꽂아 머리를 꾸며 본 적이 없지만, 살풀이를 출 때는 비녀로 쪽을 지을 참이다. 옷은 소복이 제 격이나, 흰옷은 생각만 해도 눈물이 쏟아질 것 같아서 고운 빛깔의 연분홍치마에 흰 저고리를 날아갈 듯 차려입을까 한다. 그러고는 애간장이 녹는 판소리가락에 맞춰 긴 명주수건을 늘어뜨리고 감아올리며 여자로 살았던 한 생의 너울을 벗어버릴까 한다.

사실 나는 여자로 태어나 남의 집에 시집가는 여자의 숙명이 정말 싫었다. 한 생을 다 살고 늙어서야 그 집의 주인이 되기까지의 삶이 싫다. 남자라고 별 수가 있을까마는. 죽을 때까지 부모형제를 벗어던질 수 없는 숙명을 갖고 태어난 남자의 무게가 더 무거우면 무거웠지 여자보다 덜 할 리가 없다. 그래서 다시는 여자든 남자든 사람으로 태어나고 싶지 않다는 생각을 한다.

까르르 넘어가는 애기들의 웃음소리, 소나기 그친 뒤의 무지개, 겹겹이 이어지는 산의 능선들, 이렇듯 눈부신 아름다움이 있음에도, 그리고 두고 떠나기 아쉬운 인정의 기미들이 있음에도 다시는 사람으로 오고 싶지 않다.

그래서 혼신의 힘을 다 해 살풀이를 추면서 사람 사이에 얽힌 살煞도 풀고, 여자로 살면서 보듬을 수밖에 없었던 비애와 절망과 한을 흰 명주수건에 감아 먼 하늘로 던져 보내버리리라. 그리하여 이 세상을 떠날 때는 민들레 홀씨보다 더 가볍게 훌훌 떠가리라. (2009)

김치처럼

서면에 있던 대아호텔에 맛있는 김치를 내놓는 중국집이 있었다. 푸른 잎이 많은 배추로 담근 김치는 국물이 자박자박하고 삼삼해서 여느 젓갈김치하고는 달랐다. 한 달에 한 번 그곳에서 모임을 가지므로 여주인과도 얼굴이 익었다. 그날따라 일찍 도착해서 사람들을 기다리는 중에, 주인한테 김치가 맛있는데 어떻게 담그느냐고 물었다. 주방에 가서 물어보라 해서 갔더니, 주인한테 물어보라는 대답이 되돌아왔다. 순간, 천둥같이 화가 났다. 가르쳐줄 수 없으면 그렇다고 말하면 되지, 왜 사람을 이리 저리 가게 만드느냐며 주인한테 대들었다. 그랬더니, 미안하다면서 국물에 맑은 액젓을 넣는다는 것이다. 그 뒤에 이 이야기를 친구들한테 했더니 다들 그렇게 한다고 했다. 나만 모르고 있었던 모양이다. 그렇다면 별다른 비법도 아닌데 그렇게 사람을 가지고 놀았나 싶었다.

이렇게 무안을 당하고도 맛있는 김치만 보면 담그는 법을 물어보고 집에 와서 한 번 해보게 된다. 어쩌지 못하는 버릇이다.

강화도에 갔다가 순무김치를 먹었다. 무가 야문 듯 하면서 배추뿌리에서 나는 향이 났다. 담그는 법을 묻고 순무를 한 단 사 왔다. 사실은 그곳 특산물이라는 순무를 처음 봤다. 큰 양파만 하게 생긴 무가 약간 보랏빛을 띠었는데, 넓고 부드러운 청이 달려있었다. 같이 간 사람들 눈치가 보이고 버스기사한테 트렁크 열어 달라하기도 미안했지만 눈 딱 감고 가지고 왔다. 새우젓도 사 왔다. 김치는 재료가 좋아야하고 무엇보다 제 고장에서 나는 것이 제 맛을 내기 때문이다.

이틀이나 돌아다니다가 온 다음날 아침, 김치 담그느라 서 있자니 허리가 아파왔다. 무를 소금에 절이지 않고 그냥 썰기만 해도 된다기에 쉽게 생각을 했는데 쉬운 일이 아니었다. 식구라야 둘 뿐이어서 먹을 사람도 없는데, 왜 김치 담그는 일을 좋아하고 재미나 하는지 알 수가 없다.

김치꺼리만 보이면 김치가 담그고 싶어진다. 겉잎을 떼어낸 하얀 배추 속통을 보면 저건 백김치 담그면 좋겠는데, 무청이 새파랗게 달린 무를 보면 총각김치처럼 담그면 별미겠지, 그리고 길이가 짤막한 배추, 청방을 보면 굴 넣어 버무리면 생김치가 맛있겠네, 이런 식이다.

이렇게 담근 김치는 엄마 손맛을 못 잊어하는 딸에게도 보내고 집에 왔다가는 손님 손에 들려 보내기도 한다. 다른 집을 방문할 일이 있으면 싸서 들고 가기도 하니 나에게 김치 보다 더 좋은 선물은 없다. 그만큼 정성을 들이는 탓이다.

봄이면 멸치젓을 손수 담그고 의성 마늘을 준비하고, 전라도 신안에서 소금을 사다가 몇 해 동안 간수를 내린다. 고추는 두 번째 따는 게 첫물보다 맛이 좋다 해서, 강원도에서 농사짓는 지인을 통해 택배로 받고, 배추는 근처 산속에서 농사짓는 사람한테서 직접 구해온다. 물을 주지 않고 비만 맞고 자란데다 산바람이 품어 안아 키운 배추는 아삭아삭 고소하기 까지 하다.

배추를 절일 때도 밤잠을 설쳐가며 손을 본다. 너무 짜지 않도록 잎은 위로 가게 줄기는 아래로 가게 세워, 간이 고루 배도록 뒤적인다. 양념에 버무려 통에 담으면서도 맛있게 익으라고 주문까지 한다. 이렇듯 정성을 들이는 탓에 김치는 나에게 아주 소중한 무엇이다.

배추와 양념이 어우러져 맛있는 김치로 태어나는 걸 보면서, 김치 담그는 일에 비할 수 없을 만큼 정성을 들이는 글은 왜 김치처럼 맛있게 익지 못할까 하는 생각을 할 때가 있다. 글쓰기에 들이는 정성만큼 김치에 정성을 기울였다면 김치명인이 되고도 남았을 것이다. 세월이 오래라고 실력이 쌓이는 건 아니지만, 수십 년을 한결같이 관심 가지고 갈고 닦았음에도 글은 별로 나아지는 기미가 보이지 않는다.

김치는 갖은 양념이 어울려 익지만, 글은 내 속에서 익어서 나오기 때문일까. 삶을 바라보는 안목과 사색의 깊이가 얕아서인지 글다운 글이 되기엔 미흡하다.

글을 보면 그 사람을 눈에 보듯이 알 수가 있다. 특히나 수필은 그 사람을 마주하는 듯 한데, 김치에 들이는 관심보다 더 오랜 세월 만지작거렸음에도 김치만큼 자신이 없다. 집에 손님이 왔다 갈 때 김치를 한 포기 싸서 보내면 보냈지, 책은 선뜻 내놓아지지 않는다.

전에는 글이 실린 책이 오면 주변에 나눠주곤 했는데, 요즘은 구석에 쌓아두었다가 아파트 현관에 내다놓곤 한다. 책을 내미는 것이 꼭 내가 이 정도의 사람입니다 하고 드러내는 것 같아 영 내키지 않기 때문이다. 먹어가는 나이만큼 생각도 나아져야할 텐데, 그러지 못한 내 모습을 감추고 싶은 마음이 많아지고 있다. 관조의 경지까지는 아니더라도 살면서 조금씩 안목이 넓어지지 않고 연륜만 쌓이니 딱한 노릇이다. 내 사색의 깊이를 내가 아는 데 글이 그 범주를 벗어나지 못하는 건 당연한 일, 나이 들어갈수록 부끄러움만 늘어간다.

향기 나는 글은 독서와 체험과 사색이 바른 문장과 어우러졌을 때 비로소 글맛이 난다. 배추와 소금과 양념이 어우러져 김치 맛을 내듯이. 그러나 김치는 익는 단계를 거치기만 하면 되지만, 글은 속에서 익은 연후에야 비로소 나타나는 점에서 다르다. 익지도 않고 드러난 글은 며칠 지난 생김치처럼 이 맛도 저 맛도 아니기 마련이다. 그러니까 글은 김치와 달리 정성만으로 되는 게 아님을 알게 된다. 글은 사람됨이고 그 사람의 그릇이고 그 사람 자체이므로 양념을 잘한다고 맛을 낼 수가 없는 것이다. 굳이 비교를 하자면 아무리 양념이 좋아도 배추가 싱싱해야 되듯이 사람 자체가 향기가 나야 향내 나는 글이 되는 것이다.

맛있는 김치를 담그기 위해 배추를 고르고 좋은 양념을 오랜 날 준비하듯이 신문을 읽다가 좋은 글이 있으면 오려두고, 책에서 공감 가는 부분은 메모를 한다. 좋아서 하는 일이지만 틈 내서 여행을 가고 등산을 다니며 그곳에서 마주치는 사람들의 삶과 인정의 기미를 눈여겨보기도 한다. 다양한 체험이 바탕이 되어야 글이 탄탄하고 공허하지 않기 때문이다. 사전을 가까이 두고 우리말의 참맛을 잃지 않으려고 애도 쓴다.

그러나 이 모든 노력에도 불구하고 좀처럼 감칠맛 나는 글이 쓰여 지지 않는 걸 보면, 차라리 좋아하는 김치나 열심히 담가 주위에 나누며 사는 것이 훨씬 마음 편하지 않을까 하는 생각이 들지만, 무슨 숙명처럼 글을 붙들고 있는 나를 어쩌지 못한다. (2012)

그림자

오랫동안 외국에서 살다 온 친구를 만났다. 떠날 때는 올망졸망 아이 셋을 데리고 남편 직장 따라 가더니, 올 때는 부부 둘만 돌아왔다. 세월과 운명의 덫에 걸리지 않는 사람이 있을까마는, 세계 유수의 대학에 들어간 둘째 아들을 속절없이 저 세상으로 떠나보내고 땅 꺼지는 절망을 헤치고 오던 길에, 파란 눈의 큰며느리를 맞이하는 돌연함에 다시 놀라고, 그리고 또….

세상에 귀한 것도 아까운 것도 없는 마음이 되어 돌아 온 친구다. 파란 만장한 세월 끝에 마주 앉아 웃다가 눈물짓다가 세월이 무심타고 서로의 얼굴을 쳐다보았다. 누가 인생을 산다고 했던가 살아지는 것이지. 뜻과 달리 펼쳐지는 인생을 견딜 수밖에 달리 별 방법이 없음을 깨닫고, 우리는 긴 세월을 건너 온 노인처럼 앉아 있었다.

어떤 것도 주어진 그대로 받아들이지 않을 수 없다고 말하며 시름없어하던 끝에, 그래도 남편 험담은 할 것이 남았다는 듯 그는 운을 떼기 시작했다. 노후를 걱정하지 않아도 될 만큼 된 형편인데, 남편의 구차한 행동은 말 꺼내기도 민망할 지경이라 했다. 한국에 돌아 온 남편은 지하철을 무료로 탈 수 있는 나이가 되었는데, 아내가 외출할 일이 있으면 자기가 먼저 나가서 그 표를 타다준다는 것이다. 그러지 말라고 말려도 소용이 없어 좀스러운 남편을 어쩌지 못한다고 했다.

한국에 와서도 식당에 가면 남편이 청하는 음식은 가격이 가장 싼 음식이라는 것, 그리고 살던 곳에서 사 온 구두가 신장이 비좁도록 있음에도 구두가 닳으면 밑창을 갈아 끼운다는 얘기도 했다. 죽을 때까지 신고 다닐 만큼의 구두를 놔두고 왜 그 짓을 하는지 모르겠다는 푸념이다.

나는 의외의 이야기를 들으면서 그가 자랄 때 어렵고 가난했으리라는 짐작이 갔으며, 그 그림자가 그렇듯 오래도록 드리워져 있음에 생각이 미쳤다. 그리고 자랄 때의 환경에서 벗어나기 어려운 사람의 모습을 보며 연민의 마음이 되었다.

가난하게 자란 사람만이 갖는 그 버릇을 그렇게 살아보지 않은 사람은 이해하기 어려운 법이다. 나 또한 국물에 만 밥은 잘 먹지 않는다. 콩나물죽, 흰죽, 나물죽, 그 죽 먹던 기억이 아직도 남아서 세상없이 맛있는 국밥도 설렁탕도 반갑지 않다. 누룽지조차 마른 누룽지를 찾는다.

길기도 하지 상처의 그림자는, 어릴 때의 상처는 왜 지워지지 않는가. 사람들마다 모양만 다를 뿐, 누구에게나 눈물 젖은 빵이 있기 마련이다. 막내이던 어떤 선생님은 큰 양푼에 숟가락을 꽂아서 여러 형제가 밥을 먹던 어린 날에, 퍽퍽 퍼 먹던 형들 때문에 배불리 밥을 먹어본 적이 없다고 한다. 그래서 지금도 식당에 가면 밥을 남기지 않는다고 학생들에게 실토를 했다던가.

생떼 같은 자식을 갖다 버리고 세상에 귀한 것도 소중한 것도 없어진 마당까지 따라오는 그림자여, 가난의 그림자여. 지하철 무료승차권을 건네주는 비루한 그 남편의 모습은 나이만 먹었을 뿐, 가난에 시달리며 자라던 그때의 궁핍한 심정 그대로인 것을, 우리는 벗어야할 누더기를 왜 이다지도 벗지 못하고 아직도 걸치고 있는 것일까.

그러나 그 그림자는 없이 자란 사람만이 갖는 전유물은 아니다. 돈을 빌려가서 이자는커녕 원금도 줄 생각을 않고 늘 없다고 우는 시늉을 하는 집에 우연히 들렀더니, 명절에나 사 먹는 큰 과일을 내놓아서 눈이 휘둥그레졌는데, 어릴 때부터 과일은 큰 과일을 먹어서 그렇다는 변명을 듣고, 눈이 뒤집히더라는 얘기를 들은 적이 있다. 자식들 흠집 난 과일 사 먹이며 알뜰히 모은 남의 돈 가져가서 갚지도 못한 주제에 좋은 과일은 먹어야 한다니, 어릴 적 그림자는 왜 그리 철없이 길기만 한지 참으로 안타까운 일이 아닐 수 없다.

몸에 배인 것은 씻어지지도 않는 것일까. 그 무심한 옷 벗고 새롭게 태어나기가 그렇게 어려운가. 세상 떠날 나이가 가까워 오는데 언제 그 옷을 벗어버릴 것인가. 나의 이런 회의에 찬 물음에, 인간의 심리를 연구하는 분의 답은 "본인이 자각을 하지 않는 한 어려울 것"이라 했다. 이 명쾌한 말을 듣고 자기가 겪은 경험의 한계를 벗어나 새로운 것에 대한 관심과 호기심을 지녀야겠다는 마음을 가지게 된다.

그렇다. 설렁탕 맛은 어떨까 곰탕과는 어떻게 다를까, 날씨가 우중충한 날은 따끈한 김치국밥도 좋겠지. 지금은 죽을 먹고 살던 어린 날이 아니지 않는가 이렇게 내 가슴에 새로 입력을 시키자. 눈물 젖은 빵의 기억에만 사로잡혀있으면, 국밥의 참맛을 영원히 모를 뿐만 아니라, 그 상처를 씻을 수 있는 기회마저도 놓쳐버리지 않겠는가.

(2007)

막걸리 한 잔에

대학생들이 학교 앞 주점에 모여앉아 노는 장면을 본 적이 없다. 물론 그렇게 해 본 적도 없다.

〈황태자의 첫사랑〉이라는 영화를 보면서 언젠가 하이델베르그 대학이 있는 독일에 가게 되면 그 주점에 한 번 가보리라 생각은 했지만, 정작 그 곳에 갔을 때는 근처에 가 보지도 못했다. 페키지로 간 여행이어서 마음대로 행선지를 잡을 수가 없었던 것이다.

자신을 소개하면서 '몇 학번' 이라는 말을 하는 사람을 보며 처음엔 저게 무슨 소린가 했다. 한참 뒤에야 입학년도를 이르는 말이란 걸 알고 부러운 마음에 '포시러운 사람들이네' 하는 생각이 들었다. 대학을 가 본 적이 없으니 나와는 다른 세상을 사는 사람처럼 벽이 느껴지곤 했다. 나의 젊은 시절은 그렇게 지나갔다.

사십대가 되어 아이 셋을 키우는 주부로 방송통신대학을 다닌 나 같은 사람에겐 설분의 심정으로 한 공부일 뿐, 젊음을 구가하고 친구들과 어울려 인생을 논하며 떠들썩하게 노는 대학 시절은 그림의 떡이다.

직장생활을 하는 딸아이가 고려대학교에서 경영대학원석사(MBA) 과정을 밟고 졸업식이 있는 날, 그 학교에 갔다. 독일의 고성처럼 우뚝 솟은 돌집을 티브이에서는 봤지만 교정에 들어가기는 처음이다.

졸업식이 열리는 인촌기념관에 앉아 '개교 1905년'이라는 글자를 보며, 그 시대에 한 개인이 대학을 설립했다는 사실에 놀라고 말았다. 백년도 전에 인재를 키우려는 포부를 가지고 그것을 실현할 만큼의 부와 식견을 가졌다는 게 상상이 잘 되지 않았다.

사람은 누구나 자신의 잣대를 가지고 세상을 재단하는 가 보다. 그로부터 백년의 세월이 지났지만 정규대학에 입학도 해 보지 못한 나 같은 사람도 있는데, 그 당시에 대학을 세우다니, 나는 그 간격이 도무지 실감 나지 않았다.

시인 서정주의 글을 읽고 그의 아버지가 인촌선생집의 마름이었으며, 그 시대에도 그 분들은 경비행기를 타고 다닐 만큼 대지주였다는 사실을 알고 있었지만, 아는 것은 눈으로 직접 보는 것에 비할 바가 아닌 줄을 새삼 느꼈다.

비슷한 시기에 태어난 대학들은 외국에서 온 선교사가 세우거나 아니면 나라에서 만들었는데, 한 개인이 대학을 세우고 그 많은 세월이 지났는데도 대학에 진학할 수 없었던 나, 졸업 축하를 하러 와서 나는 나를 돌아보고 있었다.

몇 해 전, 살던 아파트를 수리할 때였다. 이사 가는 것처럼 짐을 모두 들어내고 공사를 했는데, 마룻바닥은 벽이나 문을 칠한 뒤 맨 나중에

하게 되었다. 바닥을 까는 일은 하루만에 마쳐야 되는 듯, 어두워지자 따로 모터를 가지고 와서 전깃불을 켜고 공사를 했다. 그 기사를 따라와 뒷일을 도와주는 아이가 있었다. 그렇게 따라다니며 마루 놓는 기술을 배우는 것 같았다. 학교에 다닌다면 고등학교 일학년이나 될까, 나는 그 아이가 마음에 걸렸다. 너도 나도 대학을 가는 이 시대에 고등학교도 못 다니고 저렇게 공사판에 따라다니다니, 학력이 없으면 학연도 없고 그렇게 산다는 것이 얼마나 신산하고 힘 드는 지를 저 아이는 모를 거라는데 생각이 미쳤다. 어둑한 집에 그 둘을 남겨두고 가려니 마음이 무거웠다. 아파트 마당에 내려서서 올려다보니 다른 집과 달리 희미한 불빛이 비쳤다. 걸음이 떨어지지 않아 도로 올라가 저녁이라도 사먹으라며 돈 몇 푼을 쥐어주고 왔다.

언젠가 저녁 늦게 뭔가를 수리하러 온 기사가, 이렇게 늦게까지 일을 하느냐는 내 말에, "가방 끈이 짧은 데 열심히라도 해야지요." 라는 대답을 하던데, 저 아이도 자신의 처지를 그렇듯 건강하게 받아들였으면 하는 바램을 가졌다.

졸업식을 마치고 교문을 나선 딸아이는 일부러 오지 않으면 이제 올 일도 없는 곳이라며, 학교 앞 잘 가던 식당에 가서 막걸리나 한 잔 하자고 했다.

그 주점에는 내 눈에 아이 같아 보이는 대학생들이 줄지어 앉아 파전에 막걸리를 마시고 있었다. 남녀 학생이 섞여 앉아 무슨 이야긴지 목소리를 높여 웃고 떠들고, 한쪽에서는 서너명의 남자 대학생들이 코를 풀어가며 눈물을 닦고 있는 친구를 위로하고 있는 듯이 보였다. 부러운 장면이었다. "저 자슥이 울기는 왜 울지" 라는 내 말에 함께 간 막내딸은 "실연이라도 했겠지요, 저 만할 때 울 일이 그것 말고 뭐 있겠느냐" 며, 그 시대를 지나온 선배답게 말했다. 그리고 "우리 때는 삼학년까지는 놀고 보자였는데, 요즘 애들은 졸업을 해도 취업이 안 되니 마음 놓고 놀지도 못할 꺼라." 며 연민어린 눈초리를 보냈다.

우리도 파전과 고추튀김을 앞에 놓고 막걸리를 한 잔씩 했다. 혼자 힘으로 그 비싼 학비를 감당하고 직장생활을 병행해 학위를 받은 딸을 축하하러 간 자리였는데, 내 눈은 그들을 바라보고 있었다. "나는 저런 시절이 없었다." 는 얘기를 하면서 나도 모르게 눈물이 번졌다. 세월이 얼마나 지났는데 아직도 서럽단 말인가. 늦게라도 석사학위까지 받지 않았는가. 막걸리 한 잔에 지난 설움이 묻어나다니 모를 일이였다.

(2011)

어리둥절해 하며

집에 있는 컴퓨터 한 대를 두 사람이 쓰려니 불편이 여간 아니다. 무심중에 그 말을 해서 딸에게 부담을 안겼다. 노트북이 생긴 것이다.

그것도 마음이 무거운데, 노트북 놓을 책상을 어디다 마련할지 궁리를 해도 마땅한 자리가 없다. 며칠을 보내다가 내린 결론이 안방이었다. 모처럼 깔끔해진 안방에 책상 들일 생각을 하니 마음이 내키지 않았지만, 아무리 둘러봐도 다른 방도가 없다. 안방에서 책장이 나간 지 몇 해 되지 않아 또 책방이 되게 생겼다. 얼마 전에 교체하면서 기사가 가져간 헌 프린터기도 다시 찾아왔다. 노트북에 연결해서 쓸 참이었다.

그런데 막상 노트북이 도착하고 보니 그 걱정은 기우였다. 노트북은 어디든 가지고 다닐 수 있는데다, 프린트도 무선으로 된다니 따로 프린터기가 필요 없었다. 식탁이든 거실이든 놓고 쓰면 되니 공연한 걱정을 했다. 아이들이 집에 올 때 가져와 쓰던 것을 보고도 그걸 놓을 책상 걱정을 하다니, 기기가 사람을 따라다니는 시대에 내 몸은 기기가 있는 곳을 찾아가는 방식에 익숙해 있었던 가 보다.

세상 변화를 따라가지 못한 나는 어리둥절해졌다. 특히나 전선이 연결되지 않은 채 프린트가 되는 것은 신기한 일이었다. 노트북과 프린터기 사이에 눈에 보이지 않는 전파가 통하고 있음에 틀림없다. 내가 직장생활을 할 때만 해도 여러 대의 컴퓨터를 프린터기에 연결해 썼는데, 그 새 이런 발전이 있었던 가 보다. 괜히 헌 프린터기를 찾아와서 쓰레기 처리만 곤란하게 되었다.

그러고 보니 무선으로 쓰는 게 한두 가지가 아니다. 핸드폰도 무선이고, 가지고 다니면서 음악을 들을 수 있는 MP3도 있다. 돌도 안 된 손자가 아이패드 화면을 손가락 끝으로 밀면서 온갖 동물 사진을 보는 걸 봤고, 오바마 미국 대통령 손에도 들려있는 걸 신문에서 봤는데, 그게 다 무선으로 돼 있다는 데는 생각이 미치지 못했던 모양이다.

이런 기기를 만든 애플의 창업자 스티브 잡스는 컴퓨터가 앞으로는 사양斜陽의 길로 가리라고 예견했다는데, 노트북 놓을 걱정을 몇날며칠 하고 있었던 내가 그와 동시대의 사람이라는 게 믿어지지 않을 지경이다.

잘 나가던 일본의 전자 회사들이 디지털로의 전환 시기를 놓쳐 몰락한다는 기사를 보면서, 그들도 나처럼 아나로그식 궁리를 하다가 때를 놓친 모양이라는 생각이 들었다. 도요타니 소니니 하는 세계 굴지의 기업들 이야기고 보면 조금 위안이 되기도 하지만, 개인이나 기업이나 시대에 적응하지 못하고 뒤처지는 아날로그 세대의 비애는 마찬가지다.

그렇지 않아도 워드를 치다가 문제가 생기면 서울서 직장 생활하는 바쁜 아이들에게 묻곤 한다. 그럴 때마다 살아오면서 얻은 경험은 도움이 되지 않는 시대가 되었음을 실감하곤 했는데, 이번 일로 그것을 확인하는 심정이었다.

그러고 보니 최근에 이런 심정이 되었던 적이 또 있었다. 장대비와 함께 천둥번개가 몇 시간을 치던 날이었다. 외출할 일이 있어 뜸해지기를 기다리며 창밖을 보다가 도저히 나설 엄두가 나지 않아 그냥 주저앉고 말았다.

살다가 벼락 치는 일이 생기더라도 잠시 그럴 뿐, 소나기 오래 오는 법 없으니 처마 밑에 피해 있으면 금세 해 난다고 선인들은 일러왔다. 그럼에도 천둥번개가 몇 시간째 우르릉대는 하늘을 지켜보며 느꼈던 두려움과 생소함이 노트북을 가지게 되면서 되살아났다. 노트북이나 프린터기는 새로운 기기라 그렇다 치더라도 날씨까지 예전 같지 않으니, 여태껏 살아오면서 쌓인 경험은 도움이 되지 않는다.

자연이 주는 교훈을 경험을 통해 배우게 되는데, 이즈음의 쥐는 늙어도 독을 뚫을 수 없게 되었다. 독이 옛날 독이 아닌 까닭이다.

시대의 변화를 따라가지 못하는 삶이 어떠한지를 나는 아마존에서 목격했던 적이 있다. 아마존은 강이라기보다 바다였다. 그 밀림 속에는 아직도 원주민들이 살고 있었고, 관광 일정에 그들을 찾아가는 코스가 있었다. 강에서 고기를 잡으며 옛날 방식대로 산다는 그들, 열다섯이나 되는 자녀를 학교에 보내지 않는다는데, 정부의 순시선이 돌면서 아무리 권유해도 끄떡도 않는다고 했다.

아이들은 우리 사이를 이리 저리 뛰어다니기도 하고, 소녀티가 나는 예쁜 여자아이는 수줍어했는데, 그 아이들을 보면서, '너거를 우짜면 좋겠노'하며 내 자식이나 되는 것처럼 걱정을 했다. 문명한 사람들이 끊임없이 들락거린다면 그 부모들은 몰라도 아이들은 예처럼 살기 어려울 터, 옷은 입고 있었으나 그들은 우리에게 구경꺼리였고, 우리는 그들에게 구경꺼리였다. 차라리 그들 방식대로 살도록 개방을 하지 말든지 어쩌자고 그 어린 것들에게 문명의 바람을 쏘이게 하는 지, 앞으로 그들이 살아갈 세상이, 갈피 잡을 수 없는 삶이 눈에 보이는 듯해서 그 곳을 떠날 때 마음이 편치 않았다.

변화하는 문명의 세상에 옛날 방식은 도움이 되지 않는다. 아직도 전통적인 방식으로 사는 아마존의 원주민을 안쓰러워하고 있지만, 나부터 하지 않아도 될 걱정에 몇 날을 보내지 않았는가. 눈이 핑핑 도는 세상에 거북이 걸음으로 가고 있는 내 앞에 앞으로 얼마나 더 어리둥절해 질 일들이 기다리고 있을지 알 수가 없다. (2011)

염소 한 마리

경로우대를 받게 되었을 때의 느낌은 사람마다 다른 것 같았다. 나라에 별 도움 될 일도 안했는데 이런 혜택을 받아도 되나 싶어 쑥스런 느낌이 들었다는 내 말에, 공감한 친구가 있는 가하면, 그동안 세금 많이 내서 당연히 받게 되는 거라며 별 소리 다 듣겠다는 듯이 쳐다보는 친구도 있었다. 사람마다 살아 온 사정이 다르므로 생각이 다를 수밖에 없다.

전에는 아는 분들이 지하철 우대권을 받겠다고 줄을 서는 모습이 예사로 보이지 않았다. 교장으로 퇴직한 선생님도 그렇게 하는 걸 보며 나도 늙으면 저렇게 될까 생각한 적이 있었다. 요즘에야 우대증이 따로 있어 그런 정경은 없어졌다.

사람은 그 입장이 되기 전에는 모르는 일이 많다. 실제로 내가 지하철을 무료로 탈 수 있게 되니 돈 들여 표를 살 생각이 나지 않았다. 처음에는 좀 머쓱했지만 이젠 당연한 듯이 타고 내린다. 어쩌다 우대증을 챙기지 못한 날은 우대권을 달라고 신분증을 내밀어 표를 받기도 한다. 처음의 쑥스런 느낌은 간 데 없고 누릴 건 누린다는 생각이 자연스레 들게 된 셈이다.

이렇게 당당해진 이면에는 내 나름의 계산이 깔려 있기도 하다. 처음 한 달을 그렇게 타고 내리면서 궁리를 한 게 있다. 만약 차비를 내고 지하철을 탄다면 한 달에 오만 원 정도는 들지 않을까, 차비 내는 셈 치고 그 돈을 모아 뜻 있는 곳에 쓰면 좋겠지, 그래서 적금을 들었다. 한 달에 오만 원씩 삼 년을 계산하니 제법 큰돈이 되었다. 나는 지난 한 해를 참 즐겁게 지냈다. 어려운 사정이나 도움을 필요로 하는 신문기사를 보면 그 돈 타면 좀 보내야지 하며 여기도 갖다 대보고 저기도 갖다 대보며 열심히 궁리를 했다. 아마도 모일 금액의 몇 배를 견주어 요량해 보았을 것이다.

애초의 생각은 단순한 데서 시작했으나, 한 번씩 통장 정리를 하면서 돈이 쌓이는 게 아니라 기쁨이 쌓이는 걸 경험하곤 했다. 그냥 적금을 드는 것과는 다르게 좋은 곳에 쓰리라는 생각만으로도 주는 기쁨을 삼 년 내내 누렸다. 어찌보면 어줍잖게 낸 한 생각이 큰 기쁨 속에 살게 했다고나 할까. 차비 혜택을 보면서 전혀 혜택 보지 않는 것처럼 당당하면서도 누군가에게 도움을 줄 수 있게 된다는, 이 두 가지 넉넉함을 가졌으니 지난 삼 년이 어찌 즐겁지 않았겠는가. 이것은 남모르는 기쁨이었고 설렘이었다. 내가 만들어 내가 누렸으니 참 행복이라 해도 좋았다.

그런 기쁨 속에 살아서 그랬는지 지하철 개찰구 앞에서 표 단속을 하는 직원한테 간혹 신분증 제시를 요구받곤 한다. 그러면 나는 미리 웃으면서 감사하다고 고개 숙여 인사를 했다. 우대증을 불법으로 사용하는 게 아니냐는 의심보다 우대 받을 나이가 되지 않을 만큼 젊어보였다니 어찌 고맙지 않았겠는가. 이런 날은 공연히 기분이 좋아져 유쾌한 하루를 보내곤 했다.

생전에 소설가 박완서는 수입이 있는 늙은이라는 생각에 표를 사서 지하철을 탄다고 했다. 그리고 법정스님은 불자들의 보시로 살아가는데 거기다 노령연금까지 받아서야 되겠느냐는 생각에 연금통지서를 찢어버렸다는 얘기를 글 속에 언급한 적이 있다.

지하철이 적자 운영된다는 기사를 읽을 때면 나도 거기에 한몫 하는 것 같아 찜찜했는데, 그 차비를 모아 누군가를 도우기로 한 계획이 그런 미안한 마음을 조금은 희석시킬 수 있게 되었다.

그런 중에 만난 것이 염소 보내기 운동이다. 어느 분의 글 속에 아프리카 어린이들에게 염소를 보내는 얘기가 있어 눈이 번쩍 뜨였다. 염소는 번식력이 좋아 새끼를 많이 낳아 아이들의 학비에 도움을 줄 수 있고, 그 젖과 고기는 영양상태가 좋지 않은 아이들에게 좋은 몸보신이 된다고 했다. 우리 돈 사만 원이면 염소 한 마리를 살 수 있다니 귀가 번쩍 뜨이는 정보였다.

그래 염소도 보내자. 염소 키우는 아이들의 모습만 상상해도 귀엽고 즐거웠다. 나도 어렸을 때 토끼를 먹인다고 풀을 뜯으러 다니던 적이 있다. 오물오물 풀을 먹던 토끼가 금세 내 눈 앞에 와 앉는다. 망태기를 들고 다니던 어렸을 적 내 모습을 생각하면 염소 기르는 그곳 아이들을 실제로 보는 듯 볼 수가 있다.

나는 인터넷 검색창에 '염소 보내기'라는 글자를 입력해 보았다. 그랬더니 〈세이브 더 칠더런〉이라는 구호단체의 이름이 나왔다. 영국의 한 여인이 시작한 이 운동이 세계적인 구호기관으로 성장해서, 열악한 환경에서 자라는 많은 어린이들에게 희망을 심어주고 있었다. 물이 귀한 곳에는 우물을 파주고, 학교가 없는 오지에는 학교를 지어주고, 가난한 아이들에게는 염소를 보내 자활을 돕고 있었다.

우리도 초등학교 다닐 때 외국에서 구호물자로 보내 온 옥수수 가루로 빵을 쪄 먹었다. 알미늄 도시락에 쪄 낸 네모난 옥수수 빵, 그때 학교 강당 구석에 쌓여있던 옥수수와 분유가 든 드럼통이 지금도 눈에 선하다.

차비 오만 원을 모으자는 소박한 생각이 뜻밖에 햇살처럼 세계로 퍼져가는 느낌이 들었고, 모르던 세상을 향한 두드림이 되었으며, 티끌이 모여 태산이 되는 경험이 되었다. 그리고 무엇보다 큰 기쁨이 되어 나에게 되돌아왔다. (2013)

영혼의 소리

생전 처음 교도소를 다녀오게 되었다. 수감자들의 정서순화 프로그램으로 시 낭송을 하러 간 길이다.

출입문을 들어설 때 뒤에서 철거덕하며 철문 잠기는 소리가 났다. 세상과의 단절을 의미하는 소리, 그 소리는 그 뒤로도 몇 번이나 더 들려왔다. 몇 겹의 철문 속에 꼼짝없이 갇혔다는 생각을 하니 몸부림이 날 것 같았다.

우리 일행을 흘깃흘깃 쳐다보는 남자 수감자들의 시선을 뒤로 하며 복도를 지나 강당에 도착했을 때, 나도 모르게 큰 숨을 내쉬었다. 여러 겹의 철문 안으로 깊숙이 들어갈수록 가슴이 터질 듯 답답해 왔던 까닭이다. 폐쇄공포증이 있어 그랬을까. 생각하기에 따라 한 평 땅이 천지와 다르지 않다고는 하지만, 나에겐 어림없는 경지, 가슴을 진정시키느라 애를 먹었다.

푸른 수의를 똑 같이 입은 남자들을 단상에서 바라보니, 이발을 깔끔하게 한 모습이 길에서 마주치는 여느 남자들과 별반 다르지 않았다. 젊은 사람도 있고 늙은 사람도 있었는데, 외모로 봐서는 무슨 일로 이곳에 들어와 있는 지 영문을 알 수가 없었다. 장기수들이 있다는 곳이니 무거운 형량을 짊어지고 있음에 틀림없다. 새처럼 자유롭던 육신이 갇혀있음에도 불구하고 살아가는 걸 보면서, 사람이란 적응의 귀재인지도 모른다는 생각이 잠시 들었다.

낭독할 작품을 준비해 오라는 연락을 받았을 때 혼자 궁리를 했다. 수필 한 편을 읽는 것이 그들에게 도움이 될까, 아니면 아버지가 감옥에 갔다는 사실을 숨긴 어머니와 함께 상담실에 와서 울던 어느 여고생의 이야기를 하는 것이 더 도움이 될까. 생각하던 끝에 상담현장에서 있었던 실제사례를 들려주기로 했다. 비록 몸은 갇혀있더라도 가족의 일원으로서의 역할은 물론, 아버지의 자리를 포기하지 않도록 격려하는 편이 유익할 것 같았다.

우리가 낭독하는 순서 중간에 그들이 찬송가를 부르는 차례가 있었다. 전자 오르간이었는지 풍금이었는지 기억은 잘 나지 않지만, 그들 중에 누군가가 반주를 했고 거기 맞춰 부르는 노래소리를 듣는 순간, 그 울림이 내 영혼을 맑히고 있다는 느낌이 들었다. 오랜만에 듣는 남성들만의 합창, 그 화음은 사람의 소리가 아닌 천상의 소리 같았다. 어떻게 그렇듯 부드럽고 따뜻할 수가 있는지, 몸은 영어의 몸이 돼있지만, 영혼은 자유롭고 맑아 조금의 티도 없는 것처럼 느껴졌다. 그 노래를 들으며 철문이 주던 숨 막힘은 이느 새 사라지고 오히려 마음이 평온해지고 있었다.

연전에 영국으로 여행을 갔을 때, 웨스트민스트사원에서 성가 미사를 본 적이 있다. 남성 합창단의 성가로만 미사를 본다는 안내 책자를 읽고, 관광객을 다 내보내는 저녁시간에 맞추어 그곳에 갔다. 미사를 보러왔느냐는 신부의 말에 신도인양 짐짓 고개를 끄덕이고 성당에 들어갔다. 호기심으로 들어 선 자리, 집전하는 신부의 말을 알아들을 수 없어 옆의 사람이 하는 대로 일어났다 앉았다 하며 미사를 봤다. 파이프오르간이 울리는 가운데 부르던 장엄한 성가는 마치 하늘에서 울려오는 소리 같았다. 혼성 합창단이 아닌 남성들만의 노래를 처음 들었는데, 천상의 소리라는 베를린 소년 합창단의 소리와는 또 다른 깊은 맛이 있었다. 그 천상의 소리를 이 교도소에 와서 다시 듣게 된 것이다. 영혼을 울리는 소리는 이 세상의 잣대와는 상관없는 듯, 누구나 맑은 영혼을 본연으로 지니고 있다는 것을 상기시켰다.

드디어 내 차례가 되었다. 차마 교도소에 있는 아버지 얘기를 할 수가 없어 친구를 집에 데려오지 못한다는 한 여고생의 이야기를 소상히 했다. 외국에 갔다고 숨기는 어머니, 한 달에 한 번씩 오는 편지 외에는 아버지의 소식을 알 길이 없고, 아이엠에프IMF가 터진 뒤 6년이 되도록 아버지를 보지 못하고 살아가는 딸이, 진로문제를 걱정하면서도 아버지와 상의할 수 없는 답답함에 대해 이야기를 했다. 면회 와서 손을 부여잡고 울지 못하게 하는 어머니를 왜 방관만 하느냐고, 그 아버지가 그 자리에 있기나 한 것처럼 아버지의 역할을 포기하지 말기를 당부했다. 그래야 언젠가 가정으로 돌아갔을 때, 자라는 자녀를 지켜보면서 그 세월을 함께 한 아버지로서 자리매김할 수 있지 않겠는가.

그들은 숨을 죽이고 듣고 있는 것 같았다. 쓰라린 가슴에 생채기를 내는 일이 될 수도 있었겠지만, 그렇게 덮어두기만 하면 아이의 상처는 더 깊어지고, 아버지는 겉도는 사람으로 전락해 존재 자체가 위협받는 지경에 이르게 되리라 예견되기 때문이다.

돌아 와서 생각하니 빠트린 게 하나 있었다. 그날 부른 노래의 울림이 어느 유명한 성가대의 합창에 뒤지지 않았다는 감상을 말해 주고 올 것을, 다음에 다시 기회가 온다면 이 얘기를 꼭 해 주려고 한다. 비록 철문 속에 갇혀있더라도 어떤 구속도 속박도 닿지 않는 무한히 자유로운 영혼의 존재임을 알았노라고, 그리고 그들의 노래소리에 내 마음이 한없이 맑아져 돌아 왔노라고. (2006)

2 이 시대의 마지막 선비

서로를 빛내며

라이너마리아 릴케의 이름을 처음 만난 것은 윤동주의 시〈별 헤는 밤〉에서였다. 작가의 이름이 다른 사람의 시 속에 들어 와 살아있는 것은 드문 일이다.

그 릴케가 조각가 로댕의 비서였다는 사실을 최근에 알았다. 그들이 살았던 그 시대 파리에서 로댕을 중심으로 일어났던 일들이 릴케의 〈로댕론〉에 의해 생생하게 전해지고 있음은 재미있는 일이다.

신의 손을 가진 인간이라고 칭송받는 로댕이 작품을 만들어가는 과정은 말할 것도 없고, 그 과정에 기울이는 열정과 예술가로서의 치밀함, 그리고 연인이었던 카미유 클로텔과의 만남과 이별을 상세히 전함으로써, 로댕이 지금 우리 곁에 살고 있는 이웃처럼 느끼게 된다.

릴케가 로댕을 알게 된 것은 조각을 하는 부인을 통해서라고 한다. 로댕은 비서였던 릴케를 마음에 들지 않는다고 해고를 한 적이 있다는데, 일 년쯤 지나서 "그때는 내가 욱하는 성질에 그렇게 한 것이니 나와 다시 일을 하자." 고 제의를 하자 릴케가 흔쾌히 받아들였다고 한다. 그만큼 로댕이 유명했던 것일까, 아니면 릴케가 너그러웠던 것일까. 릴케 덕분에 천재 조각가의 면모가 후대에 자세히 전해져옴에 따라 그 두 사람의 만남이 서로를 더욱 빛나게 했음을 알게 된다.

프랑스의 문인협회를 창설한 초대회장 발자크의 동상제작을 의뢰받고 로댕이 얼마나 심혈을 기우렸는가를 눈에 보듯이 알 수 있는 것도 릴케 덕이다.

로댕은 발자크의 생애와 문학세계를 이해하기 위해 그의 작품을 섭렵함은 물론, 그가 살았던 지방을 찾아가 보았으며, 심지어 양복을 맞추었던 양복점에 가서 발자크의 치수대로 프록코트를 만드는 등, 그의 모든 것을 확실하게 알고 난 연후에야 작품 제작에 들어갔다고 한다.

그 당시 문인협회장으로 발작크의 동상 제작을 의뢰한 에밀 졸라는 약속한 기일 안에 만들지 못하는 사정을 적어 보낸 로댕에게 "발자크는 기다릴 것입니다." 라는 회답을 보냈다고 한다. 그때 발자크는 이미 이 세상 사람이 아니었음에도.

불후의 명작을 여럿 남긴 로댕이지만, 처음부터 유명하지는 않았던 듯, 그때 이미 유명했던 빅토르 위고의 흉상을 제작하면 명성이 높아질 거라는 친구의 조언을 듣고, 본인이 탐탁하게 여기지도 않는 흉상을 만드느라 무진 고생을 했다고 한다. 이렇듯 생생한 증언들이 작품에 대한 이해를 도우는 건 물론, 예술작품보다 더 진하게 우리를 감동시키는 무엇이 있다.

우리나라에도 극적인 생애를 살다간 화가 이중섭을, 곁에서 지켜본 시인 구상으로 하여 그의 숨은 면모가 전해지는 걸 보면, 뛰어난 사람들은 같은 시대를 선택하여 태어나 함께 살다 가는지도 모른다.

화가 이중섭이 어린 첫아들의 주검을 앞에 하고, 일본인 아내를 알몸으로 만들어 그 곁에 구상 선생을 눕게 하고, 다른 한 쪽에 자신이 누워 코를 골고 자버렸다는 일화나, 죽은 아들이 극락에 가면 심심하다고 동무하라며 꼬마들을 그리고, 복숭아 따 먹으라며 천도복숭아를 그려서 관棺에 넣어주었다는 얘기를 들으면, 한 천재예술가의 슬픔이 우리의 가슴을 저리게 하고, 나아가 이중섭의 그림이, 천도복숭아의 의미가 더 절절이 다가오는 것이다.

뛰어난 작가들이 같은 시대, 같은 곳에 살며 서로 영향을 미치는 것은 어떤 필연에 의함일까. 그렇다면 비록 그들에게 비할 바는 아니지만, 우리도 어떤 필연에 의해 같은 시대에 태어나 함께 살고 있는 건 아닌지 주위를 돌아보게 된다. 사는 일의 고단함을 나누고 때로는 서로의 마음을 다독이는 우리도 저들 못지않은 소중한 인연으로 만난 건 아닐까.

릴케의 책을 읽은 것이 계기가 되어 서울 한복판에 로댕 미술관이 있다는 사실을 알았다. 그곳에서 만난 〈칼레의 시민〉도 그 제작과정을 릴케가 상세히 전해주어서 더욱 반가운 작품이었다.

14세기에 일어난 영국과 프랑스간의 전쟁 때, 칼레시市을 포위한 영국의 에드워드3세는 그 시市의 주요인사 여섯 명이 모자와 신발을 벗고 목에 밧줄을 두른 채 성곽의 열쇠를 가지고 오는 조건으로 시민을 살려주겠다는 약속을 했다 한다. 수백 년이 지나, 시민을 살리기 위해 죽음을 향해 떠난 의인을 기리려는 칼레시市의 요청을 받고 로댕이 제작한 작품이다.

여섯 점의 인물상으로 만들어진 이 작품은 고뇌에 찬 비장함을 보여주고 있었다. 열쇠를 손에 든 채 팔을 늘어뜨리고 입을 꾹 다물고 있는가 하면, 머리를 감싸쥔 채 절망적인 모습으로, 또 고개를 떨구고 있는 형상으로 서 있었는데, 청동으로 만들어졌음에도 따뜻한 온기가 느껴졌다. 그 작품은 살아있는 사람처럼 반가웠다.

릴케 덕분에 찾아간 그곳에서 로댕이 이십여 년을 매달렸다는 필생의 대작 〈지옥문〉을 만나고 그 유명한 〈생각하는 사람〉도 덤으로 만났다.

"그는 자기 손보다 클까 말까한 수백 명의 인물상에 온갖 정념, 온갖 쾌락의 절정, 갖가지 무거운 악의 짐을 담아 냈다." 라고 릴케가 설파한 〈지옥문〉 앞에서, 목에 밧줄을 두른 채 나를 맞이한 〈칼레의 시민〉 앞에서 나는 로댕과 릴케를 만났다.

릴케가 없어도 로댕은 심혈을 기울여 작품을 제작했을 테고, 그 작품들은 만고의 명작으로 남겠지만, 그의 그런 모습을 소상히 전해주는 이가 있음으로 해서, 뒤에 오는 사람들에게 로댕과 릴케를 동시에 만날 수 있는 행운을 선사하게 된 건 아닐까.

이 작품을 만드는 로댕 곁에 릴케가 앉아 있었다는 걸 생각하면, 그들 곁에 내가 서 있는 듯한 착각이 들었다. 그들이 살았던 날로부터 백 년도 더 지난 서울의 거리에서 그들을 만나고, 그렇듯 서로를 빛내며 살다 갔음을 부러워했다. (2007)

법정스님을 문상하고

그때 마침 서울에 있었다. 새벽에 잠 깨어 뒤척이다가 같은 하늘 아래 계실 때 가서 분향이라도 했으면 하는 생각이 들었다.

아이들 잠 깰 새라 살금살금 일어나 밖으로 나와 택시를 탔다. 서울 지리를 잘 알지도 못하고 거리는 더욱 짐작이 되지 않았지만 무조건 길상사로 가자고 했다. 웬만한 일로는 택시를 타지 않지만, 솔바람 소리 같이 맑은 소식을 세상으로 보내오던 스님 가시는 날 아닌가.

길상사는 친구들과 한 번 가 본 적이 있었다. 요정이 변해서 절이 되었다는 사연이 뜻 깊은 곳이다. 새벽의 길상사는 불이 환히 밝혀져 있었다. '분향소' 가는 길이라는 화살표를 따라가 영전에 절하고 구석진 자리에 앉았다. 어떤 수식도 더 붙일 여지가 없는, '비구 법정' 이라 쓰인 위패와 생전의 사진 앞에 향로만 놓인, 이 보다 더 간소할 수 없는 빈소였다.

그 날 나는 공양간에 가서 아침을 먹은 뒤로 몇 시간을 빈소에 죽치고 앉아있었다. 금강경 일독을 한 것 말고는 상주나 된 양 그 자리에 있었다. 집을 나설 때는 절만 하고 오리라 생각했는데, 정오에 송광사로 떠난다니 가시는 모습이라도 보고 싶었다.

뭇사람이 문상을 왔다. 대통령도 오고, 누구누구도 오고, 티브이에서 보던 사람들이 차례차례 왔다갔다. 그때마다 언론사 카메라맨들이 우르르 몰려와 내 시야를 가리곤 했다.

수많은 사람들이 끝도 없이 다녀갔다. 그들은 그들의 종교의식대로 절하면서 추모의 예를 갖추었다. 그 중에는 엎드려 절하는 신부도 있었고, 합장하는 외국인도, 오체투지 하는 스님도 있었다. 특히 눈길을 끈 사람은 안주머니에서 조사를 써 온 종이를 꺼내더니 영정을 향해 혼자 읽고 가는 남자 분이었다. 고인하고 둘이서만 하고 싶은 말이 있는 듯 참으로 인상적이었다. 나도 친한 사람 세상 뜰 때, 절만 하고 보낼 게 아니라 저렇게 인사해야지. 그리고 내가 갈 때도, 꽃 보러가자 달 보러 가자던 생시처럼 누군가 저렇게 말 붙이면 얼마나 좋을까.

어떤 명리도 탐하지 않고 소신껏 살다 감으로서 만인의 존경을 받는 걸 보면, 시류에 휩쓸리지 않고 사는 일이 얼마나 어렵고 고귀한 일인가를 알게 된다. 사후에 '대종사'로 추서되었다고 조계종 총무원의 스님이 와서 영전에 아뢰고 있었지만 살아계셨다면 받으셨을까.

오래 전 스님이 불일암에 계실 때, 어떤 차 모임을 따라 간 적이 있다. 그때, 뒤 안에 가지런하고 반듯하게 쌓여있던 장작을 둘러보며 무슨 예술작품 같다는 생각을 했다. 성미가 칼칼하신 듯, 빨래를 해도 하루 만에 다 해치운다는 말씀도 했다. 빨고 풀하고 다리고를 하루 안에 다하신다고. 그리고는 앞산을 가리키며 조계산에 달 떠오르는 운치도 좋지만, 몸을 굽혀 가랑이 사이로 능선을 거꾸로 보는 것도 재미있다며 우리 앞에 시범을 보여서 얼마나 웃었던지, 개구쟁이 같이 천진한 모습이었다.

그리고 십여 년 전, 〈맑고 향기롭게〉 부산창립법회가 롯데호텔에서 있었는데, 그때 스님은 "연꽃 만나고 가는 바람처럼…"하며 서정주 시를 줄줄 외우며 우리 보고도 두런두런 시를 외우면 영혼이 맑아진다는 말씀을 하셨다.

그렇게 살아서 두 번을 보고 세상 뜨시는 길에 상주처럼 빈소에 앉아 세 번째의 만남을 이루었으니 스님과는 고만한 인연은 있었던가 보다.

깊은 산골에 혼자 산다는 것도 아무나 하는 일은 아니어서 그곳에서의 사색을 글로 보내온 책을 읽으며 솔바람처럼 맑은 소식을 기다리곤 했다. 말로는 쉬운 일도 정작 몸으로 실천하는 일은 어려워서 스님의 글들이 더 가슴에 와 닿았던 것 같다.

분향소에서는 생전의 모습을 영상으로 보여주고 있었다. 밀짚모자를 쓰고 산길을 휘적휘적 가시는 가 하면, 소로우가 살았던 월든 호수를 찾아간 모습까지, 그러면서 밑에는 자막이 나오고 있었다. "종교에서 자유로워질 때 종교의 본질에 접근하는 것"이라든지, "아무 것도 갖지 않으므로 다 차지하려는 것"이라는 평소의 말씀들이 쓰여 있었다. 그 말들을 어떻게 실천하고 살았는가를 증명이라도 하듯이 신부도 수녀도 무리지어 와 문상을 하고 있었다.

그렇듯 자신에게 엄격한 잣대를 들이댄 덕으로 서울의 도심에 이 큰 절 길상사를 이루었으니, 이곳을 내놓은 보살도 스님도 참 잘 살다 가신 분들이 아닐 수 없다. 아침공양을 하고 잠시 경내를 돌아보다가 작은 돌비석, 공덕비로 서 있는 길상회보살을 만났다. 어차피 다 두고 빈손으로 돌아가는 길임에야 이보다 더 의미 있는 일이 어디 있으랴.

몇 시간을 죽치고 앉았다가 열두 시가 가까워 밖으로 나오니, 이미 절 마당은 사람들로 가득 차 있었다. 가시는 길 전송하려는 사람 틈에 서서, 평소 입던 가사로 시신을 덮은 운구행렬을 맞았다. 관도 상여도 없이 들것에 실려 얼굴과 몸의 곡선이 그대로 드러나는 양을 보는 순간, 나도 모르게 눈물이 솟았다. 그런 장례행렬을 우리나라에서는 본 적이 없다. 인도 바라나시 골목길에서 마주치던 모습이다. 들것에 얹혀서 간디스강가로 오던 그들, 강물에 시신을 적셨다가 꺼낼 때 간혹 산 사람처럼 팔이 삐죽이 밖으로 나와 있곤 했다.

생전에 하루도 묵어가지 않았다는 이곳 길상사에서 처음이자 마지막 밤을 보내고 스님은 절을 빠져나갔다. 사람들은 나무아미타불을 염송하며 그 뒤를 따랐다. 그렇게 스님은 송광사로 떠나가고 나도 길을 따라 내려왔다. '스님 잘 가십시오. 모국어에 대한 애착 때문에 다시 우리나라에 오고 싶다 하셨으니 다시 오십시오.' 나는 속으로 인사를 했다.

오직 자연 속에서 소신대로 살다가 소신대로 가는 모습은 보기 좋았다. 가사 한 장으로 식은 몸을 덮고 들것에 들려 만인 앞에 나타난 모습만으로도 스님이 생전에 어떻게 살고자 했는가를 보여주고 있었다. 다른 어떤 설명도 필요 없는, 딱 그 한 장면이 무엇보다 큰 가르침이었다. 그렇게 살다감으로서 만인에게 추앙받는 모습 또한 보기 좋았다.

나도 스님 흉내라도 내며 살리라. 나누는 것은 베푸는 것이 아니라 자기 확장이라는 말씀 마음에 새기며, 이 세상 떠날 때는 살풀이 출 때 입는 흰 명주옷 입고 가리라. 재 되어 사그라질 마당에 새 옷이 무슨 소용이랴. (2010)

자유인 조르바

명함에 '자유인'이라고 새기면 어떨까 생각한 적이 있었다. 퇴직을 하니 만세를 부르고 싶은 그때의 심정이 그랬고, 새 명함이 필요한 시점이었다.

그러나 용기가 나지 않아 실행에 옮기지 못했는데, 지나고 보니 그런 다행이 없다. 정녕 자유로운 사람이라면 명함 같은 게 소용없음은 물론, 생각조차 걸림 없는 사람이어야 함을 뒤늦게 알아차린 까닭이다.

사회적인 상황만 생각하고 명함을 내밀었다면, 겉멋만 부리는 꼴이 되었을 테니 낯 뜨거울 뻔 했다. 기억에서조차 자유롭지 못하면서 언감생심 '자유인'이라니, 입에 올리기도 미안한 일이다.

그렇지만 자유롭고 싶은 소망이 내 안에 도사리고 있음은 부인할 수 없다. 속상한 일이 생기면 지닌 일까지 보태져 부아가 더 치밀고, 어떻게 될지 모를 일을 두고 걱정부터 하는 내가 갑갑했던 적이 한두 번이 아니었기 때문이다. 어제 때문에 오늘이 더 복잡하고 내일 일로 오늘이 불안한 내게 〈그리스인 조르바〉는 눈이 번쩍 뜨이는 책이었다. 저자인 니코스 카잔차키스도 실존인물인 조르바에게 경도되어 자신에게 영향을 끼친 희대의 사상가들과 같은 대열에 그 이름을 올린 걸 보면, 조르바는 '자유' 그 자체였던 것 같다.

서른다섯 살의 저자가 박학무식인 예순다섯의 조르바를 만나 몇 개월을 함께 살면서 겪은 얘기를 엮은 것이 〈그리스인 조르바〉 라는 책인데, 저자는 거침없고 자유로운 영혼을 가진 조르바를 그린 이 책을 펴내 일약 세계적인 명성을 얻었다고 한다. 니코스 카잔차키스는 자신의 영혼에 깊은 자취를 남긴 사람을 꼽으면서, 시인 호메로스, 철학자 베르그송, 니체 다음으로 조르바를 들고 있다.

그는 "주린 영혼을 채우기 위해 오랜 세월, 책으로부터 빨아들인 영양분의 질량과 겨우 몇 달 사이에 조르바로부터 느낀 자유의 질량을 돌이켜볼 때 마다, 책으로 보낸 세월이 억울해서 격분과 마음의 쓰라림을 견디지 못한다."고 실토하고 있다. 그러면서 삶의 길잡이를 한사람만 선택하라고 한다면 틀림없이 조르바를 택했을 것이라고 단언할 만큼 열렬한 숭배자가 되어 있었다.

오래 전에 같은 이름의 영화를 본 적이 있는데, 이상하게도 딱 한 장면만 뇌리에 남아있다. 앞 뒤 내용은 생각나지 않고 주인공인 안소니 퀸이 바닷가에서 맹렬하게 춤을 추는 장면이다. 왜 그랬는지 궁금했는데 책을 읽으면서 그 의문이 풀렸다.

몸으로 자유를 살아 낸 조르바의 얘기를 읽고 나는 책방으로 가, 두 권으로 된 니코스 카잔차키스의 자서전인 〈영혼의 자서전〉을 샀다. 조르바의 진면목을 알아보고 그렇듯 경탄을 금치 못하는 작가의 삶과 사색의 편린들이 궁금했기 때문이다. 그리고 또, "나는 아무 것도 바라지 않는다. 나는 아무 것도 두려워하지 않는다. 나는 자유이므로" 라는 묘비명을 쓸 만큼 영혼이 자유로울 수 있었던 내력도 알고 싶었다.

그가 나고 자란 크레타섬은 그리스 본토와 달리 지금의 터키인 오스만제국의 지배를 받았고, 주민들 사이에 저항세력이 생겨나 자주 총격전이 벌어지곤 했다고 한다. 그런 일이 일어난 이튿날 아침, 쥐 죽은 듯 조용한 거리를 지나 전 날 전투로 사망한 주민들이 매달려있는 공터에 어린 아들을 데리고 간 그의 아버지는 그 시체의 발에 입을 맞추게 한다. 누가 이 사람들을 죽였느냐고 묻는 아들에게 "자유가" 라고 짤막하게 말하면서 이 광경을 절대로 잊어선 안 된다고 다짐한다. 아마도 저자가 '자유'에 대해 생각하게 되는 첫 경험이었으리라는 짐작이 들었다.

영화에서 안소니 퀸이 맹렬하게 춤추던 장면에 대한 설명도 상세히 기록되어 있다. "둘이서 벌인 사업이 거덜 나던 날, 우리는 해변에 마주 앉았다. 조르바는 숨이 막혔던지 벌떡 일어나 춤을 추었다. 공중으로 뛰어오른 그는 팔다리에 날개가 달린 것 같았다. 그는 중력에 저항이라도 하듯이 펄쩍펄쩍 뛰어오르면서 소리를 질렀다. 하느님, 작고하신 우리 사업을 보우 하소서, 오, 마침내 거들 났도다." 그렇게 미친듯이 춤을 추던 조르바는 바닷물을 니코스 카잔차키스에게 덮어씌우기 까지 했다고 한다. 세상에 거칠 것 없는 조르바의 호쾌하고 농탕한 모습이 책상물림인 저자를 얼마나 기쁘게 했는지, 그날 일을 기억하면 그렇게 기분이 좋을 수가 없다고 적고 있다.

저자는 조르바가 살아 온 얘기를 듣는 것으로 세월을 보낼 만큼 삼촌에게 상속 받은 탄광일은 그에게 맡겨두고, 일을 마치고 돌아온 그와 마주 앉아 이야기꽃을 피우곤 했다 한다.

조르바는 생래적으로 자유의 정체를 아는 사람이었던 듯, 어렸을 때 버찌가 얼마나 먹고 싶었던지 자려고 누웠는데도 눈에 어른거려 참을 수 없었던 경험을 얘기하고 있다. 아버지 호주머니에 있는 은전을 훔쳐 그 돈으로 버찌를 몽땅 사서는, 먹고 토해내고 또 먹고 토해내는 걸 반복하다보니 다시는 버찌를 먹고 싶은 생각이 없어졌다는 것이다. 버찌를 정복하고 버찌에게서 자유로워진 그는 '자유'를 몸으로 살아 온 사람이었다.

광부를 비롯하여 수리공, 호박씨장사, 대장장이 등, 수도 없이 많은 직업을 전전하며 세상을 떠돌았던 조르바는 도자기를 만드느라 물레를 돌리다가 새끼손가락이 거치적거리자 도끼로 잘라버렸다고 한다.

나도 조르바만큼은 아니라도 이 정도의 나이가 되면 지난 일에서 자유로움은 물론, 마음 내키는 대로 살아도 부딪히지 않으며, 어떤 새로운 조류도 거침없이 내 몸을 관통해 흐르는 바다였으면 좋겠다.

어렸을 때는 어머니의 틀에, 커서는 스스로 만든 틀에 매여 살아온 나, 자유롭게, 하고 싶은 대로 살아보지 못했다는 회한이 남아있다. 그래서 '자유인'이라는 명함도 만들고 싶은 마음이 생겼던 게 아닐까.

내 안의 마음을 자유롭게 만들 궁리는 않고, 몸부림처럼 미지의 땅으로 여행을 떠나고 춤도 배우면서 뒤늦게 자유를 찾아 헤매고 있는 나를 다시금 살펴본다. (2010)

이 시대의 마지막 선비
- 윤모촌 선생님을 추모하며

선생님의 부음을 받고 서울 가는 기차에 앉았으니 마음 한구석이 허전해졌다. 주위의 어른들이 한 분 두 분 세상을 떠나시니, 무슨 일이 있으면 어디 가서 의논을 하며, 모르는 게 있으면 누구에게 물어볼 것인가. 작년에 친정어머니도 갑자기 가시더니, 일 년이 지나 같은 날 선생님이 가셨다. 5월 7일 선생님의 기일을 잊지 않게 되었다. 두 분 다 맑고 꼿꼿하시더니 좋은 계절에 가셨다.

선생님을 처음 만난 건 1985년 경주에서 있은 수필문학 세미나에서였다. 한국일보 독자였던 나는 그 신문의 신춘문예로 등단하신 선생님의 수필을 읽었고, 그 얘기를 하며 인사를 나누었다. 최종심에서 두 해 내리 떨어진 전력을 말씀드리며 부러운 마음으로 축하인사를 드렸다.

편지를 정리하다보니, 그 해 경주를 다녀오고 받은 서신이 선생님의 첫 편지다. 그 후 이십여 년 동안 우편으로 작품지도를 받았고, 명절에 작은 선물을 보내면 답장을, 새해가 되면 어김없이 손수 쓰신 붓글씨로 연하장을 보내주셨다.

어느 해 (편지소인을 보니 1986년도로 되어있다) 전라도 광주 쪽에서 있은 세미나에 참석하고 돌아오는 길에 선생님은 우리와 동행을 했다. 찾아 볼 친지가 있어 귀로에 부산에 들리게 되었는데 공교롭게도 연락이 닿지 않았다. 그때 일행이 네댓명이 되었으나 아무도 선생님을 모시고 갈 생각을 하지 않았다. 부득이 우리 집으로 모시고 왔다.

무더운 한여름, 주부가 집을 비운 뒤여서 반찬도 별 게 없었던 것 같은 데 무엇으로 대접을 했는지, 올망졸망한 아이들과 어질러 놓은 집, 별로 깨끗지 못했을 것 같은 이부자리, 생각하면 부끄러움이 앞선다.

그렇게 다녀가고 보내신 편지가 남편 앞으로 되어있다. 글 쓰는 부인에게 외조를 잘 한다는 칭찬과 함께 "폐를 끼친 하루가 부호 집에서 며칠 묵은 것보다도 제게는 큰 소득의 하루였습니다. 환대해주신 것을 거듭 감사드립니다." 라며 송구할 만큼 정중한 인사를 차리셨다.

뒤에 함께 갔던 일행이 나를 보고, 여자가 집을 비웠다 들어가면서 남자를 데리고 가는 걸 보고 놀랐다고 한다. 나는 어안이 벙벙했다. 손님이라고만 생각한 나와 달리 남자라니, 그때 이미 육십 노인인 선생님을 남자라고 칭하는 게 의외였다. 내 나이는 사십을 갓 넘겼던 것 같은데, 그러면서 자기들은 남편이 용납을 하지 않을 거라며 어림없는 일이라 했다. 선생님은 간혹 그때 말씀을 하셨다. 그러면서 어느 편지든지 남편 안부를 꼭 물으시곤 했다.

선생님의 편지는 주로 내가 보낸 편지의 답신인데, 그 내용을 보노라니 내 집안에 일어났던 일과 직장에서의 일까지 그때의 상황을 다시 보는 듯했다. 아마도 자초지종을 여쭙고 더러는 속상해하며 조언을 청하고, 때로는 자랑을 했던 것 같다. 사람 사는 일이 그러하다는 위로의 말씀도 있고, 이해심 많은 남편과 자식들 있으니 힘내라는 격려도 하시고, 복이 많은 사람이라며 나를 감싸주기도 하셨다. 첫 작품집을 낼 때는 서문도 써주셨다. 그러나 무엇보다 고마운 것은 작품 지도를 해주신 것이다.

선생님은 그때 망막박리증이라는 병으로 시력이 많이 나빠지고 있었는데, 우편으로 보낸 작품을 확대 복사를 해서 손을 봐 주셨다. 나중에는 A4 용지 네 장 정도의 크기로 확대를 해놓으니 글자 크기가 엄지손톱만 해졌다. 거기에다 빨간 펜으로 줄을 긋고 첨삭을 하며 문장 하나하나를 꼼꼼히 살펴주셨다.

그런 시력을 가지고 끝까지 글을 봐 주신 선생님은 그렇다 쳐도, 그 지경인 분한테 꾸역꾸역 글을 보낸 나는 염치가 있는 사람이었을까. 문장 공부에 열성이어서가 아니라 미련해서 저지른 일이 아닐 수 없다. 아예 확대를 해서 보내지 않고 왜 번번이 그냥 보냈는지, 복사 집까지 가서 돈 들여가며 그 수고를 하신 걸 생각하면, 내 소견 없음이 새삼 부끄럽다. 명절이면 빠트리지 않고 작은 선물이라도 보내드렸는데, 이런 마음의 부채 탓이었을 것이다. 선생님 돌아가시고 첫 명절인 추석이 돌아왔는데, 작은 선물이라도 보낼 어른이 계시지 않으니 허허롭고 적막한 마음 가이없다.

세상에 둘 없을 이 자료들을 잘 보관했다가 문학관에 기증을 해서, 시력이 그렇듯 나빠지는 중에도 수필 지도에 자상함을 보여주시던 그 열정을 후학들과 나누면 좋지 않을까 하는 생각이 든다.

선생님은 부채에 수묵화를 그려 보내주신 적이 있는데, 조금이라도 빚을 갚고자 한다는 말씀을 따로 주셨다. 뒤에 안 일이지만 붓글씨에도 일가견을 갖고 계셨던 듯, 작품으로 된 병풍을 가지고 싶어 한 사람들이 있었다고 한다.

선생님은 늦은 나이인 쉰아홉에 등단하고 그 이후 이십여 년 간 제자도 키우고 〈산마루에 오는 비〉 등 여러 권의 작품집을 내고, 〈수필 어떻게 쓸 것인가〉 라는 이론서도 내면서 활발한 활동을 하셨다. 문장에 기울이는 정성도 대단해서 먼저 낸 책을 다시 손 봐 개정판을 내기도 하고, 내게 써주신 서문도 교정은 직접 보겠다며 보내달라는 편지를 주셨다.

선생님의 글 속에는 젊을 때부터 불의에 타협하지 않는 꼿꼿하고 곧은 성품이 나타나곤 하는데, '이 시대 마지막 선비' 라는 주위의 칭송을 들을 만큼 맑고 고결했던 것 같다.

지난 2월, 설이 가까웠을 때 서울 간 김에 선생님 댁에 들렀더니 파킨슨씨병으로 고생하시며 겨우 일어나 걸으시더니 그것이 마지막 뵌 모습이었다.

그때 전화를 받은 사모님은 뜻만 감사히 받겠노라며 댁에 오지 못하게 했다. 전날 전화 드렸을 때, 선생님은 찾아가는 길을 자세히 가르쳐 주셨는데 좀 서운한 느낌이 들었다. 작은 선물을 이미 준비한 뒤라 집 앞에 가서 전해 드리고 오리라 마음을 먹었다. 이번에도 친구랑 같이 오는 줄 아신 듯, 환자 있는 집이라 남에게 보여주고 싶지 않아서 그랬노라 며 나를 이끌고 안으로 들어가셨다. 방에는 약봉지가 수북했고, 선생님은 왜 빨리 가지 않는지 모르겠다며 오랜 날 병중에 계심을 견디기 어려워하셨다.

사모님은 못 오게 사양한 것이 언제였더냐 는 듯 온갖 이야기를 하셨다. 외출은커녕 친구조차 만날 수 없을 만큼 매달려 병구완하느라 지친 듯 퍽 고달파보였다. 바느질을 익혀 퀼트를 한다면서 손수 만든 가방을 하나 주셨다. 그 뒤에 카키색을 좋아한다는 내 말을 기억해 두었다가 그 빛깔의 가방을 만들어 우편으로 보내주셨다. 사모님은 미인인데다 젊어서 선생님은 처복도 많은 분이라는 생각이 들었다.

문상을 갔을 때도 조전이나 치지 않고 뭐 하러 예까지 왔느냐고 하면서도 손잡고 반가워하셨다.

고인이 되신 선생님은 영정 속에서 파안대소 하고 계셨다. 잘 살고 가신다는 듯이. 시신을 기증해서 장례식도 따로 치르지 않았다. 세상에 진 빚, 병원에 진 빚을 남김없이 갚고 가시는 것 같았다. 이 세상 떠날 때도 어찌 그리 깔끔하게 정리하고 가시는 지. 선생님과의 좋은 인연에 감사하며, 생사고뇌를 떠난 그곳에서 영원히 자유로우시기를 빌었다. (2005)

우리말을 생각하며

이즈음의 우리말은 누더기다. 마을 옆의 승학산 들어가는 길목에 '등산로 목재 데크 설치공사' 라고 쓴 현수막이 걸려있다. '데크' 라는 말이 정확히 무슨 뜻인지 알 수가 없다. 그 밑에는 '그린 로드' 라는 말까지 쓰여 있다.

며칠을 오가며 보다가 하루는 구청에 전화를 했다. 산림계를 찾았더니 인턴이라는 사람이, 직원들은 모두 외근을 나갔다고 했다. '데크'가 뭐냐고 물어보니 나무로 바닥을 어쩌고 하며 어물거린다. 대학생이냐고 물으니 대학을 나왔단다. 그러면서 상용되는 말이 아니냐고 되물었다. 상용이라니…, 인턴에게 할 말은 아니지만, 산에 무슨 공사를 하는지 분명히 알 수 있게 한글로 쓰지 않고 외래어를 쓰는 이유가 뭐냐고 다시 물었다. 대뜸 국문과를 나왔느냐고 되묻는다. 어디를 나왔건 그걸 상관할 일이 아니다. 그러더니 다른 말을 쓰면 다른 민원이 들어온다고 엉뚱한 소리를 했다. 한글로 썼는데도 민원이 들어오면, 알아들을 수 있게 설명하고 못 알아보는 사람에게 문제가 있다고 자신 있게 말하면 되지, 공무원이 되어서 정신 나간 짓을 하고 있다고 했더니, "정신 나갔다"는 말은 심하지 않느냐고 했다. 담당 계장 이름과 핸드폰 번호를 대라고 했더니 없다던 계장을 바꾸어준다. 전화 내용을 듣고 있었음이 분명해서 간단히 설명을 했다. 자기도 외래어 쓰는 걸 싫어하는 사람인데, 무심히 결제를 하게 되어 잘못했다고 실토한다. 앞으로 유념해 달라고 말하고 전화를 끊었다. 외래어를 싫어하고 좋아하는 차원의 문제가 아니라 당연히 한글로 써야 되는 일이라는 말을 왜 못했는지 다시 전화를 하고 싶어졌다.

우리나라 사람이 읽으라고 써 놓은 글인데 뜻을 모른다면 무슨 의미가 있는가. 공무원이 앞장서서 우리말과 글을 쓰기위한 노력을 해야 무심한 백성이 따라가지, 쉬운 양 남의 나라 말을 가져다 쓰면 외래어를 쓰는 악순환을 계속할 수밖에 없지 않는가. 나무 계단이라고 쓰지 않고 '데크'라고 계속해서 쓰면 '데크'로 자리를 잡아버리고 말 것이다.

내 나라 말과 글을 빼앗기고 남의 나라 지배를 받았던 날이 그리 멀지 않다. 이름까지 남의 나라 말로 바꿔야했던 굴욕의 역사를 어찌 그리 쉽게 잊는단 말인가. 중국 연변에 갔을 때 놀랐던 것은 간판이었다. 남의 나라에서 한글을 보게 되어 반갑기도 했지만, 간판 윗쪽에 한글을 쓰고 밑에는 한자를 써놓았던 것이다. 중국은 소수민족을 위한 정책을 폄에 있어 그들의 문화를 존중한다는 기조를 깔고 있다는 것이다.

'달맞이 길' 같이 아름다운 우리말을 두고 '문탠 로드' 라고 하지를 않나, '숲길'을 '그린 로드' 로 쓰지를 않나, 한심한 일을 말하자면 끝이 없다. 며칠 전에 휴전선 쪽으로 갔더니 그 시골 구석에도 연천군을 '로하스 연천'이라 했다. 이 글을 쓰다 생각하니, 이건 영어 광풍을 몰고 온 대통령에게 해야 될 말이지 말단공무원을 잡고 할 말은 아니라는 생각이 든다.

올해 개막된 부산국제영화제에 참석했던 인도의 유명한 감독인 야쉬 초프라는 "기술은 서양 것을 받아들이더라도 영혼은 항상 자신의 문화에 뿌리를 두어야한다."는 따끔한 조언을 했다고 한다. 어찌 영화에만 국한된 이야기일까.

나는 머리를 감을 때마다 아닌 고생을 한다. 머리카락에서 물은 줄줄 흘러내리는데, 용기에 적힌 샴프와 린스라는 글자를 찾고 있노라면 부아가 치미는 게 한두 번이 아니다. 우리나라 사람이 쓰는 물건인데, 어쩌자고 영어는 크게 쓰고 한글은 조그맣게 표시되어 있는지 모를 일이다. 명색이 학교를 다녔다는 나도 이 모양인데, 병원에 가면 '내과' '외과'를 찾을 수 없어 복지관에 한글을 배우러 왔다는 할머니들의 불편은 어찌 말로 다 할까.

유치원에 다니는 아이들까지 영어학원에 다닌다는 얘기를 들은 것이 어제오늘의 일이 아니다. 좋은 대학에 가고 좋은 직장을 얻기 위한 경쟁이 어린아이 때부터 시작되고 있으니 누구를 말릴 것인가. 내 나라 말을 익혀야할 나이에 그렇듯 남의 나라 말에 경도되면 어떻게 될까. 모국어는 어렸을 때부터 생각하고 읽고 씀으로써 익혀지는 것이고, 그 말과 글 속에 영혼이 깃드는 게 아닌가.

어느 대학 캠퍼스에서 본 일이다. 유모차를 끌고 온 젊은 엄마가 대여섯 살 난 아들과 놀면서 소곤소곤 하는 정경이 다정해 보여서 눈여겨보고 있었는데, 그들이 내 가까이 오자 놀랍게도 영어로 얘기를 나누고 있었다. 내 귀를 의심하고 바짝 귀를 갖다 대도 역시 우리말이 아니었다. 외국에서 살다 온 가족일 수도 있었을 것이다. 그러나 나에게는 충격이었다. 간혹 외모는 우리나라 사람인데 영어로 밖에 말하지 못하는 사람을 볼 때의 생소함이랄까 낯선 느낌이랄까 그런 느낌보다 더한 놀라움으로 그들을 바라보았다.

대학을 마치고 외국에 나가 사는 큰딸은 한국에 오면, 경어 사용에 어려움이 느껴진다고 한다. 지도교수를 찾아뵙고 인사를 하노라면 어휘가 금방 생각이 나지 않아 애를 먹는다는 것이다. 우리말을 쓰면서 자랐고 다 커서 남의 나라로 갔는데도 이런 처지인데, 외국어를 내나라 말처럼 해야 된다고 착각하는 사람들을 어떻게 바로잡을 수 있을지 고민을 하게 된다.

신문에 새로 발간되는 책을 소개하는 기사에도 '비하인드 스토리' 라는 말이 종종 보인다. 알려지지 않은 이야기라든지, 뒷이야기라고 쓰면 될 일을 굳이 외래어로 쓰는 진의가 무엇일까. 한글로 쓰여 있으니 외국인은 당연히 읽을 수 없을 테고 우리들 읽으라고 쓴 게 분명한데, 문자를 다루는 사람들이 부박한 세태에 편승해서 더 날뛰는 꼴이나. 내가 나를 사랑하지 않으면 남이 나를 업신여긴다는 사실은 만고의 진리가 아닌가. 자기 것을 잃은 민족처럼 대접받지 못하는 민족이 어디 있으랴.

〈실낙원〉의 작가 밀턴은 라틴어로 된 작품이 독자층이 두텁다는 사실을 알면서도, 그 시대의 변방이었던 자기 나라 영국의 언어로 글을 쓰는 용기를 실천했던 사람이었다고 한다. 오늘날 영어가 세계의 공용어가 된 데는 이런 숨은 노력들이 발판이 되었다 하니, 우리나라도 의식 있는 작가들에게나 기대를 걸어봐야 할지 모르겠다.

한국 사람이 사는 나라에 왜 남의 나라 말이 넘쳐야하는지, 양복에 갓을 쓰도 유분수인데, 그러고도 부끄러워할 줄조차 모른다는 사실이 더 부끄러울 따름이다.

나라를 다스리는 사람들이 문화적인 줏대가 있었다면 이런 꼴로 변하지는 않았을 것이다. 한글날을 맞이하여 기념 행사하는 자리에서 그저 한글이 과학적이네, 외국의 유명한 학자가 그렇게 말했네 하며 하루만 수선을 떨게 아니라, 평소 생활 속에서 꾸준히 나랏말을 가꾸고 다듬는 노력이 무엇보다 중요하지 않겠는가.

내 나라에서 왜 남의 나라 말과 글에 둘러 싸여 이렇듯 불편하게 살아야 하는 지, 이 답답함을 도대체 누구에게 물어야 시원한 대답을 들을 수 있을지 그 조차 막막하다. (2009)

책을 떠나보내고

살림을 그대로 둔 채 집을 수리하기가 어려워서 이사를 나갔다가 다시 들어왔다. 덕분에 살림살이를 정리했다. 안방에도 책장이 들어앉은 우리 집, 책 정리가 먼저다. 그러나 남편은 책을 어찌할 생각이 없다. 아직 그럴 때가 아니려니 여기면서도 어느 정도는 간추려주기를 바라는 마음이 있었다.

나는 퇴직을 하면서 기세 좋게 집으로 옮겨온 책을 버리기로 했다. 새로 책꽂이를 장만하고 방을 도배해서 모셔 온 책이다. 상담 공부 하느라 애쓰며 사 모았던 책, 상담하는데 필요한 책이었지만 내가 사람과 세상을 보는데 도움이 된 책이기도 하다. 그러나 옮겨올 때와는 달리 몇 해가 지나도록 손이 가지 않았다.

소용없어진 책, 그 책들을 버리는데 왜 내가 쓸모없는 사람이 된 기분이 드는 것일까. 책을 정리하는 내 마음이 복잡했다. 버리는 것은 책이 아니라 살아온 내 인생을 정리하고 있음을 알았다. 더는 세상에 소용없어진 사람, 퇴직을 하면서 그때 느껴야했을 느낌이 이제야 찾아온 것이다. 이 책들이 앞으로도 소용에 닿을 거라고 생각했던 건 착각이었다. 그렇다면 세상 떠날 나이가 되어서도 자신이 필요한 존재라고 착각하면 어떻게 하나.

퇴직하던 그 해는 몇몇 군데에서 강의 요청이 있었고 실제로 상담을 해주기도 했으나 차츰 잊혀졌다. 세상이 필요로 하는 것은 '현역' 임을 모르고, 나이 들수록 깊어지고 쌓인 연륜을 활용할 수 있으리라 여겼던 것 같다. 그러나 찬찬이 돌이켜보니, 퇴직할 무렵에는 개인 상담실이라도 내기를 권하는 사람이 있었고, 함께 일을 하자는 사람도 있었지만, 더 이상 매이는 것이 싫었던 나는 자유인이 되기를 소망하며 미련 없이 일에서 벗어났다. 마음은 자유인이 되기를 소망하면서 책은 끌어안고 있었던 나의 이중성을 이제야 깨달았다.

세상에 쓸모가 없어졌다는 느낌, 그 느낌을 지울 수 없어서 책을 정리하지 않는 남편에게 더는 강요하지 않았다. 모아 둔 월간지를 다른 사람에게 주면서도, 두면 자료가 될 텐데 하며 아쉬워하는 모습도 마음에 걸렸다. 그가 사는 일이 책과 연관되어 있음에야 어쩌겠는가. 어차피 그의 책 정리는 자식들 몫이다.

상담을 하다가 막히면 조언을 구하고 내 자신의 일이 생기면 의논을 했던 분에게 오랜만에 메일을 띄웠다. 그랬더니, "심리학 책 잘 없앴습니다." 하는 답이 왔다. 이미 그 마당을 떠났으니 무슨 소용이 있겠느냐는 뜻이리라. 그렇게 확인을 받고 나서야 선생님에게 칭찬받은 아이처럼 마음이 조금 가벼워졌다.

누군들 손 때 묻은 책을 버리고 싶을까 마는 어차피 버릴 것, 내 손으로 정리하는 것이 자식들 일을 들어주는 일이라고 말한 친구가 있었다. 그렇다 책 뿐이랴. 세미나에 참석하고 가져온 자료도, 프로그램이

가득한 파일도 모두 버렸다. 다른 살림살이도 열심히 버렸다. 소용없어진 옷도 이불도, 그리고 상패도 기념패도 한 자루 가득 버렸다. 그러나 책을 버릴 때와 같은 비감은 들지 않았다.

그런 중에도 청소년심리학 같은 책은 몇 권을 남겼다. 아이들이 자기 자식을 키울 때 도움이 될 텐데 하는 생각을 버릴 수 없었다. 요즘은 인터넷만 열면 간단하게 도움을 받을 수 있는 세상이니, 굳이 자리를 차지하는 책이 무슨 소용이겠는가. 그래도 엄마 손 때 묻은 책으로 제 자식을 기르고, 면면히 이어져가는 무엇이 있으면 좋지 않겠는가. 자식들이 보게 될지 알 수는 없지만, 그렇게라도 책을 남겨 두고 싶었던 것은 허전한 내 마음에 남겨두는 한 가닥 위안이었을 것이다.

책을 버릴 때도 무슨 자취를 찾는 것처럼 하나하나 들여다보면서 책갈피를 살폈다. 메모가 돼 있으면 옮겨 쓰기도 했다. '아내의 역할은 남편이 제자리에 설 수 있도록 돕는 것', 이런 것은 아이들에게 전해주어야지 생각하면서.

남편이 제자리에 설 수 있게 하는 일이 얼마나 어려운 일인가. 부모에게는 아들로서의 역할을, 형제들에게는 형 노릇을, 자식들에게는 아버지로서 설 수 있게 하는 것, 이것보다 어려운 일은 세상에 없으리라. 집안에서 자신의 자리가 당당하면 어디 나가서든 떳떳하게 자기 역할을 해낼 수 있기 때문이다. 이렇듯 다시 메모를 하는 것은 그렇게 살아내지 못한 내게 대한 반성이기도 했다.

말짱한 책을 대부분 폐지로 버렸다. 어디 도서관에라도 보내고 싶었지만 마땅한 곳을 찾지 못했다. 같은 길을 가는 소카를 불러 필요한 게 있으면 가져가라 했더니 몇 권 챙겼고, 논술학원을 운영하는 사람에게 조금 보냈을 뿐이다.

아이들도 내려와서 자기 책을 정리했다. “이미 내 몸에 들어와 살이 되고 뼈가 되었으므로” 라며 아무렇지 않는 것처럼 내놓았다. 나는 그런 양을 보다가 의류학을 전공한 둘째가 버린 스케치북을 한 권 주어다가 내 책꽂이에 꽂아두었다. 딸은 이미 내 곁을 떠나 살지만, 밤을 새워가며 스케치하고 바느질하던 그때의 모습은 거기에 담겨 있기 때문이다.

그런 중에도 방 한쪽 켠에 남겨진 책들은 문학 서적이다. 내 곁에 끝까지 남는 것은 문학임을 새삼 알게 된다. 박완서의 책들, 임꺽정, 혼불 등등, 내가 이 세상을 떠나더라도 누군가가 읽을 수 있는 재미있는 책이다. 미안하게도 주위 문인들이 보내 온 책들은 우리 집을 떠났다. 아파트현관 편지꽂이 위에 수도 없이 갖다 두었다. 임자를 만나 따라 갔겠지만, 끝내 남아있는 것은 폐지 줍는 할머니 몫이 되었다.

원고를 쓰고 교정을 보고 책을 만드는 수고를 거쳐 태어난 나의 책도 누군가의 손에서 이처럼 폐기처분 되었으리라. 머지않아 사람도 갈 마당인데 무엇을 남길까마는, 아는 이들의 책을 버리려니 그들의 얼굴이 자꾸 떠올랐다. 책을 떠나보내는 것이지 그들을 떠나보내는 것이 아닌데도 미안하고 섭섭했다. 그런 중에도 세상을 떠난 분들의 책은 차마 버릴 수가 없었다. 책이라도 곁에 두고 싶은 마음, 그리움이었을까.

산다는 것은 조금씩 죽음을 향해가는 것, 그것을 위해 준비를 하는 것, 사는 일이 그러하니 이렇게 대대적인 정리도 당연한 일이다. 그런데도 왜 내가 쓸모없는 사람이 되었다는 쓸쓸함에 빠져드는지 알 수가 없다. (2007)

엎지른 동이의 물

평소에 읽고 싶었던 백범일지를 볼 기회가 왔다. 나라사랑이 절절하면서도 진솔한 글을 읽어 나가다가 뜻밖에 반가운 구절을 만났다. 생전에 친정어머니가 들려주던 얘기가 거기 있었던 것이다.

결혼하고 얼마 되지 않을 때였다. 연탄을 땔 때였는데, 주전자에 보리찻물을 올려놓고 끓으면 내려달라고 남편한테 부탁을 하고 볼일을 보고 왔더니 주전자가 새까맣게 타 있었다. 책 읽느라 잊어버린 모양이었다. 나는 친정어머니에게 하소연을 했던가 보다. 그랬더니, 옛날에… 하면서 들려준 얘기가 백범일지 속에 나와 있었다.

윤봉길 의거와 이봉창의 일본 황제 저격사건의 배후인물이 자신이라고 밝힌 뒤, 왜경의 눈을 피해 남경에서 피신을 한 곳이 중국의 가흥이라는 곳이다. 광동사람이라고 이름을 바꾸고 지내면서 이곳저곳 구경을 다니던 중에 가 본 낙범정이라는 곳의 유래였다.

"가흥이라는 곳의 동문 밖으로 10리쯤 나가면 한나라 때 주매신의 무덤이 있고, 북문 밖 낙범정은 주매신이 글을 읽다가 나락멍석을 떠나보내고 아내 최씨에게 소박을 받은 유적이라 했다. 나중에 주매신이 회계태수가 되어 돌아 올 때에 최씨는 엎지른 동이의 물을 주워 담지 못하여 낙범정 밑에서 물에 빠져 죽었다고 한다."

이 구절을 읽다가 나는 눈이 번쩍 띄었다. 이 얘기를 친정어머니가 어떻게 알게 됐는지 신기했다. 내용은 조금 다른 부분이 있었지만 어떻게 해서 역사 속의 이야기가 전해져서 나에게까지 왔는지, 어머니는 누구에게서 그런 얘기를 들었던 것일까.

"남편은 가난한 선비라 글만 읽고 살림은 구차해서 그 마누라가 논에가 피를 훑어다가 멍석에 널어놓고 다시 피를 훑으러 갔다 오니 소나기에 멍석이 떠내려가고 없었는데, 그것도 모른 채 남편은 글만 읽고 있어서 그 길로 집을 나왔다는데, 후에 남편이 과거 급제를 해서 금의환향했다고 한다. 재가를 했지만 여전히 피를 훑던 그 아내가 앞에 나아가 엎드려 사죄를 하자, 남편은 동이에 물을 떠 오라 하고는 그 물을 쏟게 하여 다시 주워 담으라고 했단다."

그러니 너도 글 읽는 남편이 주전자를 태우더라도 좋은 끝이 있을 것이니 참고 살아라는 말씀이었다. 중국의 고사를 어찌하여 우리 친정어머니처럼 별로 공부를 하지도 않은 아낙이 알고 있는 지 신기하지 않을 수 없었다.

방학이 끝나자 복지관의 한글 교실에 오는 할머니들에게 이 얘기를 했더니 의외로 알고 계시는 분이 많았다. 이야기 내용은 조금씩 달랐지만 주매신과 그 부인의 줄거리는 비슷했다. 그 얘기가 우리나라에 건너와서는 하나같이 '나락' 이 아닌 '피'로 바뀌었는데, 우리 어머니를 비롯하여 그 할머니들이 산 시대가 그토록 어려웠음을 짐작하게 된다. 물론 주매신이라는 이름까지 아는 사람은 없었지만, 하나같이 '옛날에 어느 고을에 선비가 살았는데... '로 시작하고 있었다. 어떤 할머니가 기억하는 것은, 그 선비가 과거 급제 해서 돌아 올 때, 부인이 피를 훑고 있는 것을 보고, "정피 훑던 저 부인 훑던 정피 다시 훑나" 하니 부인이 사죄하고, 말고삐를 잡고서 말죽이라도 끓일 테니 데려가주기를 간청하자 휭 하니 가버렸다고 했다. 또 한 분은 그 얘기를 시아버지가 들려주었다는데, 급제해서 돌아오는 전 남편을 보고 데려가주기를 애원하자 나막신을 던져주었는데, 말 타고 가는 님을 나막신을 신고 어찌 따라갈 수 있었겠는가. 그 부인이 죽어서 매미가 되어, '경상감사 매암매암' 하고 울어서 지금도 매미는 그렇게 운다고 했다.

한나라 때 사람, 주매신의 이야기가 우리나라에 와서 여인들에게 교훈으로 널리 퍼졌음을 알게 된다. 글깨나 읽던 선비들이 며느리에게 참고 살면 좋은 날 보리라고 훈육하며 들려주던 얘기인데, 등장 인물들이 실제로 살았던 곳을 김구선생이 돌아보고 글로 남겼음을 알게 된다.

시대와 공간을 뛰어 넘어 사람 사는 내력은 비슷한 모양이다. 남편의 처지에 따라 다분히 결정되는 여자의 삶, 그래서 숙명처럼 살아야했던 여자들, 그것을 벗어나면 어떤 일이 기다리고 있는가를 보여주기 위해 이런 예화를 들어 인고의 삶을 강요하고 길들이려했던 어른들, 그러나 후대의 여인들에게까지 먹혀들지는 의문이다.

아무튼 남편이 주전자를 태운 이후로 나는 그런 상황을 만들지 않으려고 노력했다. 엎지른 동이의 물을 주워 담는 일이 없도록 참고 산 덕분인지, 밥은 굶지 않고 살았으나 주매신의 아내와 같은 경험이 어찌 한두 번이었을까.

백범일지를 읽으면서 그 어떤 구국행동보다 이 구절이 반갑고 깊이와 닿았으니, 말이 글이 되고 글이 말이 되어 유구히 흘러오는 이치를 새삼 생각하게 된다. (2007)

가족과 문학

– 장사도의 청마 시비詩碑를 보고

나는 어린 시절 동래 온천장 근처 차밭골에 산 적이 있는데, 동네 이웃으로 시조시인 이영도씨를 자주 볼 수 있었다.

평소에 우리 집 앞을 지나 다녀서 지금도 그 모습이 뚜렷이 떠오른다. 비교적 커 보이는 키에 머리는 타래머리로 땋아 돌린 데다 늘 한복 차림으로 다녔다. 그 시절 보통의 여인들과는 다른, 멋지고 고아한 분위기를 지녔던 것 같다. 여름철 하얀 모시한복을 입고 걸어가는 모습을 보며, "저 사람은 치마에서 바람소리가 난다." 고 친정어머니가 입을 대던 기억이 난다. 치맛자락을 감아 안고 곁을 주지 않고 총총히 걸어가는 모습이 눈에 선하다. 청마 아닌 누구라도 남자라면 눈길 줄만큼 기품 있는 여인이었다는 생각이 든다.

중학교 때 국어선생님의 스승이던 이영도씨 댁에 선생님과 함께 간 적이 있는데, 공교롭게도 외출 중이어서 마주 앉아 이야기를 나눈 적은 없다.

세정을 조금 알만한 나이가 되고 보니, 청상에 홀로 되어 딸 하나를 데리고 산 그 적막한 인생이 아프게 와 닿는다. 한때 내 친구의 외숙모였다는 사실을 우리 친구들은 모두 알고 있어 더욱 마음 아렸는지도 모른다.

그러나 새로 단장했다는 통영의 장사도 문화해상공원에 가서 청마와 이영도의 시가 앞 뒤 양면에 새겨진 시비詩碑를 보는 순간, 묘한 기분이 들었다. 보다가 처음 보는 시비였고, 보고 있을수록 거북한 느낌이 들었다.

내 키보다 큰 시비의 앞쪽에는 청마의 〈사랑하였으므로 행복하였네라〉 라는 시가, 뒷면에는 이영도의 시조가 새겨져 있었다. 그 비석의 두께에 해당하는 양쪽 모서리에는 '청마 · 정운'이라는 두 사람의 호가 나란히 각인되어 있었다. 유명한 시인이기만 하면 이렇게 한 돌덩이에 부부처럼 새겨놓아도 되는 것일까.

돌아가신 이의 비석 뒷면에 자식들의 이름을 새기듯이, 앞 뒤에 두 연인의 이름과 시가 새겨져있는 시비를 보며, 생전의 청마부인이 했다는 말이 떠올랐다. 부처도 돌아앉는다는데, 그 아내의 마음이 어땠을지 짐작이 가고도 남는 일이다. 그러나 그 시절에 가정이 있는 남자의 구애를 받고 이영도씬들 마음이 편했을까.

혼자 사는 여인이, 외로움도 슬픔도 배로 느껴지는 시인의 감성으로 그 날들을 살아낸다는 것이 얼마나 큰 고통이었을지, 한 해 두 해도 아니고 그렇게 오랜 날을 그리운 사람으로 지낸다는 것이 인력으로 막을 수 있는 일은 아니었을 거라는 짐작이 간다.

그러나 누군들 그리운 사람 하나 가슴에 묻어두지 않은 사람이 있으랴, 드러낼 수 없어 안타깝고 더욱 그립지만, 그 짚불 같은 온기로 이 차가운 세상을 견디며 위로받고 짐짓 아무렇지 않은 듯 살아가고 있는 건 아닐까. 누군가 묻어 둔 것과 드러냄의 차이일 뿐이라고 한다면 할 말이 없을 지도 모른다.

그리고 사람의 정을 칼로 베듯 맺고 끊을 수 있다면 세상에 사랑노래가 그렇듯 넘칠 리가 없다. '나는 가수다' 라는 티브이 프로그램을 보니, 그 노래들의 주제가 모두 사랑이라 해도 과언이 아니었다.

여든이 넘어 열여섯 살 소녀를 사랑한 괴테가 불후의 명작을 남겼듯이, 청마도 주옥같은 시를 남기지 않았느냐고 누군가 항변하리라. 그렇다 하더라도 마음은 송두리째 뺏기고 겉으로 사는 척하고 살 수밖에 없었던 그 부인의 심정은 어땠을까.

다른 여자를 사랑해서 행복했다는 말을 아내의 면전에 대고 할 수 있는 것도 문인이기 때문에 양해되는 일이라면, 문학이 추구하는 가치란 무엇일까. 시인이기만 하면 어떤 것도 용납되고 받아들여진다고 그 시비詩碑는 말하고 있는 듯 했다.

청마가 타계한 뒤, 그의 편지를 묶어 〈사랑하였으므로 행복하였네라〉는 책이 나온 적이 있다. 편지를 보낸 사람이 청마였으니 당연히 이영도 쪽에서 낸 책이다. 부인이 눈이 시퍼렇게 살아있는데, 아니 자식들도 지켜보고 있는데, 그 편지를 만인 앞에 공개한 심사는 무엇이었을까. 사람이 지켜야할 최소한의 예의와 도리랄까 그런 걸 아랑곳하지 않음은 물론, 자랑처럼 만 천하에 공개한 그들의 연애사가 다시 생각났다.

수백 년 된 동백이 지천인 섬, 언제 보아도 홑꽃이 예쁜, '순이 언 볼 닮은 동백꽃'이라고 누군가 노래한, 수줍은 듯 빨갛게 핀 꽃이 더 없이 정다운 그 섬을 본래 있던 그대로 두지 않고, 온갖 시설을 하고 조각품을 늘어놓아 문화라는 이름의 때를 입힌 것도 내 마음에는 들지 않았지만, 그 시비詩碑는 실망의 정점에 있었다. 두 개의 비석을 나란히 세웠어도 그렇듯 볼썽사납지는 않았을 것이다.

문학이 그런 모든 인간의 감정을 쓸어안고 진화해 간다 하더라도, 가족의 울타리는 지켜져야 할 최후의 보루이고, 그것은 어떤 시대든 사람이 지켜내야 할 불문율이 아닌가. 문학이라는 이름으로 미화하는 세태의 비속함을 그곳의 동백꽃은 어떻게 보고 있을까. (2012)

이미륵의 묘소에서

독일로 떠난 문학기행에서 무엇보다 뜻있었던 일은 〈압록강은 흐른다〉의 저자인 이미륵의 묘소를 찾아간 것이다.

잘 보존된 시성詩聖 괴테의 생가에서 만난 그의 흔적과 자취가 인상적이었다면, 남의 나라에 잠들어 있는 이미륵의 묘소는 마음 깊은 곳에 아픔으로 다가왔다.

뮌헨 근처 그레펠링이라는 곳, 미륵님께 빌어서 낳았다고 이미륵이라는 필명으로 활동한 그의 비석에는 이의경李儀景 이라는 자필로 쓴 본명이 새겨져 있었다. 독일에 사는 교민들이 마음을 모아 오십여 년 만에 이장을 하고 우리나라 전통의 비석과 상석을 놓았다고 한다. 만리타향에다 그의 묘소를 마련하고 가꾸는 인정이 고마웠다. 한국에서 준비해 간 제수와 그 날 점심을 먹었던 한인식당에서 얻어 간 밥 한 그릇을 상석에 차려놓고 우리는 차례로 절을 올렸다.

이미륵은 죽음이 가까웠을 때 쌀밥이 먹고 싶다고 했던 듯, 독일의 친구가 지인들에게 쌀을 구해달라고 보낸 편지가 남아있다 한다. 우리가 날마다 먹는 밥이 누군가에게는 죽음을 앞두고 먹고 싶은 음식이라는 사실에 목이 메었다. 떠나온 뒤로 한 번도 조국에 돌아오지 못했다는 사연이 더욱 눈물짓게 했는지도 모른다.

어디나 묘지는 죽은 자의 쉼터면서 산 사람들의 공간이라는 생각을 하게 된다. 살아있을 동안의 인연에 따라 찾아가게 되는 곳, 이미 이 세상 사람이 아니지만 산 사람의 가슴에 살아있어 그리운 사람, 가족이 아닌 사람의 묘를 찾아와 참배하기는 이번이 세 번째다.

처음으로 찾아간 곳은 강원도 첩첩산골 영월의 김삿갓 묘소였다. 할아버지인줄도 모르고 대놓고 비난하는 글을 지은 것을 뒤에야 알고, 속죄하는 마음으로 평생을 삿갓으로 얼굴을 가리고 떠돌았다는 김병현, 그리고 최근에 찾아갔던 박경리 선생의 묘소에 이어 이곳을 찾아온 것이다.

영월에서 김삿갓 백일장이 열리고 유적이 화려하게 복원되는 것은 지방자치제 덕일 것이다. 교통이 편리한 요즘인데도 김삿갓 묘는 굽이굽이 산굽이를 돌아가야 만날 수 있었다. 사람들의 눈을 피해 어린 아들을 살리려는 모정이 찾아든 곳이니, 그 골짜기의 깊고 깊음이 어떨지 짐작이 가지만, 두 번 다시 찾아가기는 어려울 만큼 부산에서는 먼 길이었다.

그리고 얼마 전에 찾아갔던 박경리 선생의 묘소는 통영 앞 바다가 내려다보이는 풍광이 좋은 곳이었다. 우리는 잠든 선생의 넋을 오카리나로 깨우고 너울너울 춤을 추며 인사를 대신했다. 살아계셨다면 그 앞에서 감히 꿈도 못 꿀 일이지만, 오랜 세월에 걸쳐 완성한 대작 〈토지〉가 주던 감동을 잊지 못하고, 그 우뚝한 존재의 사라짐을 아쉬워하며 우리 나름의 추모제를 그렇게 지냈다.

그리고 이제 지구를 반 바퀴나 돌아 이미륵의 묘소 앞에 선 것이다. 가기 전에 〈압록강은 흐른다〉를 사서 읽었다.

황해도 해주에서 자라던 어릴 적 이야기로부터 삼일독립운동에 가담한 뒤 조국을 떠나 독일에 도착하기까지의 도정을 그린 자전적 소설이다. 지금 읽어도 그리운, 옛날 우리의 사는 모습이 그림처럼 담겨있다. 어쩌면 어릴 때의 기억을 그렇듯 고스란히 살릴 수 있는지 감탄하게 된다.

조선왕조가 끝나기 전의 우리나라 풍속과 사는 모습을 자세히 묘사하고, 일본군이 거리를 휘젓고 다니던 그 시절을 생생히 서술함으로서 우리나라가 일본에 병합되던 정경을 눈에 보듯이 그리고 있다. 그러면서 사람들의 가슴에 언제고 복수할거라는 생각이 자리 잡는다는 말을 덧붙이고 있다.

최근에 일본 동북부를 삼킨 쓰나미의 참상을 보면서 남의 곤경에 대해 드러내놓고 말은 안했지만, 그 조상들이 저지른 악행이 어디로 가겠느냐는 생각들을 했다. 이미륵이 살아서 이 광경을 봤더라면 아마도 그때의 참혹한 기억이 떠올랐을 것이다.

피투성이가 되어 수갑을 찬 채 일본군에게 잡혀가는 포로 속에는 여인네들도 있었다 한다. 제 나라에서 남의 나라 군인에게 잡혀가던 선량한 사람들, 왕조는 이미 힘을 잃었다고 탄식하던 그의 아버지 모습도 그리고 있다. 가택수색을 한답시고 남의 안채에 들어와 어슬렁거리는 일본 무뢰배에 대한 이야기도 있다. 예의를 중히 여긴다고 알려진 일본 사람들, 그때 이 책을 읽은 독일 사람들은 이런 상황을 어떻게 이해했을지 궁금하다.

1946년에 발간된 이 책은 그 해 최우수 독문소설로 선정되고 독일 교과서에도 실리는 영광을 얻었다 한다. 작가는 가도 작품은 남아 사람들의 심금을 울리고, 세월이 가도 변하지 않는 흠모의 정을 갖게 되는 걸 보면서, 산문 몇 줄 쓰며 문인의 대열에 서 있는 나를 비춰 보게 된다. 같은 물이라도 바닷물도 있고 강물도 개울물도 있듯이 어찌 대양만이 물이라 할까마는, 먼 길 가는 나그네가 발 담그고 쉬어가는 실개천이라도 되어야 하지 않겠는가.

세월은 정신 못 차릴 만큼 달아나고 있는데, 제자리 걸음 하며 우물거리고 있는 나를 돌아보며 그곳을 떠났다. 모르긴 하지만 다시 오기는 어려우리라. 독일어로 된 비문들이 서 있는 묘지 한 귀퉁이에 李儀景이라는 한자 이름으로 서 있는 이미륵, 나 같은 사람들이 어쩌다 여행길에 찾아 와, 술 한 잔 올린다면 영혼이라도 기뻐하겠지. 그러나 죽어서 남의 나라에 묻혀있는 정경이 한없이 쓸쓸해 보인 것 또한 어쩔 수 없었다. (2011)

최 참판 댁에는 청사초롱이

– 토지문학제에 다녀와서

〈토지〉라는 대하소설이 우리 곁에 온 지도 수월찮은 세월이 지났다. 잊을만하면 드라마로 만들어져 다시 찾아오곤 하는 〈토지〉, 주인공 서희가 살아있다면 백 살이 넘었다고 하니, 명작은 세월이 흐를수록 빛을 더해 가는 것일까.

해마다 시월 둘째 주말에 열린다는 토지문학제는 올해로 다섯 번째 막이 오르고 있었다. 작품의 무대인 하동 평사리, 그 너른 들판은 황금빛으로 출렁이며 우리를 반겼다.

청사초롱이 내 걸린 최 참판 댁 마당에는 풍물소리가 담을 넘고, 무대에는 머리 희끗한 주인공 서희가 나와서 "땅은 생명이니라"고 하던 할머니의 가르침을 되뇌고 있었다. 요동치는 역사 속에서도 그것은 변치 않는 진리임을, 작가 박경리는 지극한 간절함으로 우리에게 들려주고 있었다.

멍석이 깔려 있음직한 마당에 의자들이 놓이고 멀고 가까운 곳에서 온 작가들이 관객으로 앉았다. 자매결연을 맺었다는 중국 어느 지방의 손님들도 자리를 함께 했다. 그들 중 몇몇의 손가락에는 실이 찬찬 매여 있었다, 친절한 누군가가 손톱에 꽃물을 들여 주는 모양이었다.

이런 잔칫날 앞 좌석에, 살아계신 작가 박경리 선생이 자리했으면 얼마나 빛이 났을까. 토지문학상 수상식에서도 작가가 손수 주는 상을 받았다면 수상자들의 기쁨이 배가되었을 텐데 하는 생각이 들었다. 그래도 최 참판 댁 마당에서 토지문학상을 받는 기분은 남달랐을 것이다. 수상자들에게 아낌없는 박수를 보냈다. 인고의 세월없이 작품은 잉태될 수 없는 것, 그 고뇌의 시간들에 보내는 위로의 박수다.

작품의 무대가 실제처럼 재현되어 주인공들이 살았던 집을 짓고 그 마당에서 펼치는 잔치다. 한 위대한 작가의 상상력이 어떻게 지평을 넓혀 현실화 되어가는 가를 보여준다. 허구가 실존이 되고 실존이 허구가 되는 평사리, 그곳에는 누대로 살아 온 사람들의 얼굴이 있었다. 길가에 호박을, 찐쌀을, 감을 들고 나와 앉아 있는 촌로들은 토지 속에 등장하는 그들과 다름없는 얼굴이었다.

언제 가 보아도 유장한 강, 섬진강을 끼고 돌아든 하동, 지리산은 묵묵히 지키고 섰다. 이곳에 탯줄을 묻은 작가들이 경향각지에서 모여와 고향 자랑이 눈부시다. 고향은 무엇일까. 황우석 박사는 어린 시절, 십 년 남짓 살아온 고향 파래골이 자신의 학문과 영혼의 자양분이 되었으며, 가난한 고향 사람들의 살림살이가 나아지도록 소 복제를 평생의 업으로 삼았다고 한다. 고향은 그 사람을 키운 기운일까. 그 정기 머금고 평생을 살면서 언제고 어김없이 돌아가는 마음 자리일까.

옛 모습대로 꾸민 장터에는 하동군수가 한턱 낸다는 국밥이 우리를 기다리고 있었다. 나무 평상에 앉아 밥을 먹어보는 것이 얼마 만인가.

동동주에, 돼지고기 수육에, 정구지 부침개에, 거기다 한복 입은 수장의 대접 또한 은근했다.

우두커니 서 있는 최 참판 댁, 그 안에 사람이 산다면 좋을 텐데, 집도 사람의 훈기가 떠 받혀야 오래 견딘다던데, 영화세트장처럼 구경꾼들만 모여들고 모여난다. 밭둑에는 구절초가 한가롭고, 고개 숙인 벼이삭은 우리를 내려다보는데, 임이네, 용이네 문패가 붙은 초가집 뒤안에는 어른 주먹만한 동이감이 가지가 휘어지도록 풍성하다.

고운 옷 입은 허수아비들이 논두렁에 줄지어 서 있고, 길가에 손잡고 강강술래 하는 허수아비를 본다. 아무런 치장 없이 그냥 두어도 정겨운 산천이 아닌가. 다음에는 눈 밝은 이 있어 있는 듯 없는 듯 가꾸어 가기를, 그래서 해를 거듭할수록 향기 나는 문학제로 거듭나기를 기대해 본다. (2005)

3 주위를 돌아보며

투우를 보고

얼마나 심장이 뛰었던지 투우장을 나서는 내 가슴이 뜨끈뜨끈했다. 정확히 세 번의 경기를 봤고, 그때마다 펄펄 뛰어 들어오던 황소가 죽어서 끌려 나갔다. 투우사가 던진 창이 소등에 꽂힐 때마다 손뼉을 치고, 자리에서 일어나 흰 손수건을 흔들며 열광하는 마드리드의 원형경기장에서 내 마음은 한없이 복잡했다. 조금 전까지도 날뛰던 소가 질질 끌려 나가는 모습은 처참했다.

말을 탄 투우사가 던진 창을 여러 차례 맞고 피를 흘리며 덤비다가 결국은 다리를 꺾으며 소는 쓰러졌다. 그러자 투우사는 단도를 들어 숨통을 단번에 끊어버리는 것이었다. 이것이 십오분인가 이십분 만에 벌어지는 일이었다. 그러고나면 악대가 음악을 연주하고, 투우사는 모자를 벗어들고 그 열광하는 사람들 앞을 돌았다. 이러기를 하루에 여섯 번, 결국 여섯 마리의 소가 죽어나간다는 얘기였다. 나는 그 중 세 마리를 본 것이다.

애초에 시즌이 아닌데도 투우가 열린다고 구경을 갈 것인가를 물었을 때, 나는 가지않는 쪽에 섰다. 굳이 그렇게 잔인한 구경을 하고 싶지 않았다. 하지만 스페인의 문화와 삶을 보러왔으니, 그들만의 고유한 투우를 봄으로써 스페인을 이해하는데 도움이 될 거라는 말에 일리가 있어 따라나선 것이다. 더구나 헤밍웨이가 즐겼다는 사실에 약간의 호기심이 일기도 했다. 도대체 어떤 부분이 〈무기여 잘 있거라〉 와 같이 따뜻한 정감의 글을 쓴 작가의 마음을 현혹시켰을까 하는 궁금증도 한몫을 했다.

그러나 내가 보기에 투우는 잔인한 구경거리 이상도 이하도 아니었다. 애초에 시합이 되지 않는 싸움이었다. 사람과 소가 싸운다는 게 말이 되는 소린가. 더구나 사람은 말을 타고 창을 들고서. 그것은 소가 죽는다는 것을 전제로 한, 쇼 같은 것이다. 말을 타지 않고 하는 경기에서는 투우사가 죽어나가기도 했다니, 목숨을 건 인간의 우매함은 도대체 무엇일까. 죽든지 죽이든지 사생결단을 해야만 직성이 풀리는 잔인함은 인간의 심저에 내재돼있는 잔혹함의 표출일까. 서로를 치고받는 권투경기에서 느껴지던 '인간에 대한 절망감'이 되살아났다.

한 경기가 끝날 때마다 울리는 악대의 팡파르를 들으면서, 투우는 그들에게 오락임을 알았다. 등에 창을 맞고 피를 흘리며 대항하던 소가 끝내 무릎을 꿇자 일어나라고 꼬리를 잡아당기는 장면에 가서는 아연실색하고 말았다. 그 귀찮음을 견디지 못했던지 소는 다시 일어나 뛰다가 창을 한 대 더 맞고 쓰러져버렸다. 그 뿐 아니라 소가 대들 기미를 보이지 않으면, 말은 소 앞에 가서 두 발을 들어 덤벼보라는 듯이 놀리기까지 했다. 물론 그렇게 훈련받았겠지만 사람의 위세를 믿고 까

부는 말을 보며, 나는 마음속으로 소를 응원했다. 저 말 엉덩이를 뿔로 콱 박아버리라고.

한 경기를 치르는 이십분 남짓한 시간에 말을 세 번이나 바꿨다. 말이 힘이 부치기도 하지만 소를 무서워해서 그렇게 한다고 했다. 소 앞에 다가가 두 발을 번쩍번쩍 들도록 말을 조련시킨 것이나 소한테 하는 짓, 모두 인간이 못할 짓을 한 것은 마찬가지다. 비록 소를 응원하는 마음이 들었지만, 말 엉덩이를 박아버리기를 바랐던 나도 투우사를 응원하는 저들과 별반 다르지 않을지 모른다. 소도 말도 인간에게 우롱 당하기는 마찬가지인데 어느 한 편을 들고 있으니까.

그렇지만 도망갈 수조차 없는 소의 처지가 왜 그리 불쌍하게 느껴지던지, 세 마리의 말이 들어와서 죽은 소를 끌고 나가는 광경을 보며 가슴이 먹먹해졌다. 더구나 이렇게 끌려 나간 소는 바로 도살장으로 보내 생고기로 팔려 나간다고 한다. 예약을 하지 않으면 차례가 돌아오지 않을 만큼, 맛있다는 이 고기를 먹으려고 기다리는 사람이 많다고 하니 할 말이 없었다.

어이없어 하는 나를 보고, 일행 중의 한 사람이 우리나라도 보신탕으로 먹을 개를 잡을 때 두들겨 패서 잡는다는 말을 했다. '개 패듯이 팬다' 는 말이 있지 않느냐면서. 듣고 보니 잔인하기로 치면 스페인 못지않다. 그래도 그 잔인한 광경을 구경삼아 오락으로 삼지 않는다고 나는 항변했다.

여배우 브리짓드 바르도는 어디 갔는가. 우리가 개를 잡아먹는다고 '동물애호' 라는 명분으로 그렇게 목소리를 높이더니, 살아있는 짐승을 저렇듯 괴롭히는 이 스페인을 두고 그는 도대체 무슨 말을 하기는 한 것일까. 우리를 안내한 가이드는 투우를 처음 봤을 때, 소가 고통에 겨워 우는 소리를 듣고 한동안 소고기를 먹지 못했다고 했다. 가이드뿐 아니라 함께 갔던 우리 일행도 비슷한 경험을 했다.

죽을 줄도 모르고 덤비다가 죽어 가는 소를 보며, 사람도 죽을 때 고통 없이 죽기를 소망하는 데, 소라고 다름이 있을까 하는 생각이 들었다. 미물도 불성이 있다 한다. 그 고통을 받은 대가로 다음 생에는 한 단계 높은 영혼으로 태어나기를, 그래서 이후에는 명대로 살다가 죽음을 맞이하기를 비는 마음이 되었다.

같은 스페인 나라 안에서도 까타루니아 사람들이 살고 있는 바로셀로나에서는 이미 투우를 법으로 금지하고 제도화해서, 도심에 있는 원형경기장을 청소년을 위한 시설로 활용하고 있다고 한다. 이런 분위기가 이 나라 전체로 퍼져나갔으면 얼마나 좋을까.

한때 세계를 제패했던 스페인, 이런 살생을 좋아하고 환호하는 일이 계속되는 한, 옛 영광을 찾기는 어려우리라. 한갓 짐승이라 하더라도 어찌 원망하는 마음이 없겠으며 사무친 원한이 모여 어디로 가겠는가. (2006)

마음을 노래에 담아

뒷산을 산책하며 흥얼거리는 버릇 때문인지 노래가 무람없이 나올 때가 있다. 그날도 목욕탕에서 노래를 부르다가 주위의 눈총을 받았다. 사람 사는 일이 슬프고 막막해서 나도 모르게 슬픈 가락이 흘러 나왔던 것이다

기분이 좋으면 경쾌한 곡조가, 마음이 울적할 때는 조용한 가락이 나오는 걸 보면 내 몸도 악기임에 틀림없다. 그래서 같은 노래라도 부르는 사람에 따라 느낌이 다른 모양이다.

목욕탕에서 노래를 불러 주위를 괴롭힌 그날은 뜻밖에 시한부 판정을 받은 동서를 문병하고 온 날이었다. 이제 오십대 초반, 내 입에서 '부귀도 영화도 꿈인 양 간 곳 없고' 하는 노래가 흘러나왔다. '장녹수'라는 연속극의 주제가인 그 소절만 녹음기처럼 되풀이 되어 나오고 있었다. 부귀나 영화하곤 멀리 살았지만 생명보다 귀한 부귀가 어디 있으며, 어떤 영화가 살아있는 것 보다 더 영화로울 수 있을까.

갑작스런 선고 앞에 놀라 할 말을 잊었다. 평소에 그가 살던 모습이 간혹 생각나기도 했지만 죽음 앞에서는 모두가 애처로울 뿐, 어느 날 갑자기 내리치는 운명의 몽둥이를 맞고 순순히 당할 수밖에 없는 인간의 모습이 그리 불쌍할 수가 없었다. 누구에게나 찾아올 순간이지만 만년이나 살 것처럼 끌어안고 살던 것들을 어찌하면 좋을지, 생각은 정리 되지않고 슬픈 가락만 쉼 없이 맴을 돌았다.

노랫말은 시詩고 시는 삶의 애환을 담았으니 노래만큼 마음을 쓰다듬어주는 것도 드물다. 거기다 가락은 높았다 낮았다 더러는 애절하게 가슴을 어루만진다. 시름을 달래고, 버거운 삶의 무게를 떠받치는 데 노래만한 게 없다. 피할 수도 거역할 수도 없는, 그래도 살아있음이 고마운 이 길을 노래도 없이 가기엔 너무 삭막해서 잘 부르지도 못하는 노래를 시도 때도 없이 부르고 있는지도 모른다.

노래는 내 마음을 어루만져주고 때로는 위로해주지만, 내가 아는 노래의 숫자는 의외로 빈약하다. 마음에 드는 한 소절을 내내 부르는 탓이다. 그러면 무겁던 마음이 가벼워지기도 하고 즐거운 마음이 넘치지 않게도 된다. 노래는 어쩌면 내 감정을 조율해 주는 중심추인지도 모른다.

그런 중에도 비교적 자주 내 입에 오르는 노래는 '마음에 일만 근심을 바람이 실어가네' 라는 '그네'의 한 구절이다. 등산을 하다가 바위틈을 스치고 오는 바람을 맞거나, 나뭇가지가 몸을 흔드는 산길에 서면 어김없이 나오는 노래다. 시름을 비껴갈 수 없는 것이 사는 일이고 보면, 이 노래는 나의 방패막인지도 모른다. 이 곡진한 삶을 헤쳐가고 있는 나는, 슬며시 들어와 앉은 근심을 바람에 날려 보내며 실어가라 실어가라 바람에게 애원하는지도 모른다. 땀이 걷혀가는 능선에 올라서면 더욱 큰소리로 부르게 되는데, 산에서는 아무리 크게 불러도 탓하는 사람이 없다. 곁에 있는 사람에게 물어본 적이 없어 모르긴 하지만, 바람이나 노래나 흩어져가는 걸 잡고 누가 시비를 할 것인가.

그런데 정작 부르고 싶을 때 부르지 못한 경우가 있었다. 임신했을 때 먹고 싶은 음식을 먹지 못한 것처럼 마음에 남아있다.

인도를 여행할 때 끝없이 펼쳐진 목화밭이 있었다. 평소에 남미 쪽 노래인 '목화밭'을 즐겨 부르는 편이어서 이때다 싶었지만 입도 벙긋 못하고 왔다. 목화밭에서 만나 사랑을 하고 헤어지고 그래서 잊지 못하는, 후렴처럼 목화밭을 연이어 부르는 그리움의 노래다. 지금도 어쩌다 그 노래가 들리면 그곳이 떠오르고, 다시 만날 일도 없을 일행 눈치 보느라 조바심 나던 생각이 나서 실소를 머금게 된다.

인도는 땅이 넓어 기차를 타면 밤 새워가고, 버스를 타도 대여섯 시간씩 이동을 했다. 목화밭을 지날 때도 가이드가 그냥 앉아가면 지루하니까 서로 소개도 하고 노래도 부르면서 가자고 했는데 어쩐 일이지 모두 묵묵부답이었다.

스무 명도 되지 않는 일행 중에 반을 차지한 인원이 한 팀으로 왔는데, 나중에 알고 보니 국정원 직원들이었다. 그들은 다른 사람한테 신분이 노출되는 걸 꺼리는지 입을 꽉 닫고 있었다. 그러니 목화밭을 부르고 싶다고 나 혼자 마이크를 잡을 수 없는 일, 그 좋은 평원을 달리면서 노래 한 번 못 부르고 그냥 지나왔다. 온 들판이 새하얗도록 목화가 피어있던 곳, 남이야 뭐라 하든 그때 한 곡 부를 걸, 모르긴 하지만 그렇게 끝도 없이 펼쳐진 목화밭을 다시 보기는 어려우리라.

뒷날에 똑같은 상황이 왔을 때는 마음 내키는 대로 해버렸다. 석양에 노을 진 하늘과 숲이 수면에 내려앉아 한 폭의 그림이 그려지고 있던 브라질의 아마존 강, 쪽배를 타고 고요한 수면을 가르며 배는 흘러가고 사람들은 말이 없었다. 그렇듯 멋진 경치 속에 어찌 노래 한가락이 없을까 보냐. 어떤 노래를 불렀는지 기억에 없지만 후회는 없다.

앞으로 얼마를 더 가야할지 알 수 없는 인생 길이지만, 그 길 위에 서럽지 않는 노래를 뿌리게 되기를, 고만한 호사는 누리게 되기를 소망해 본다. (2012)

사랑의 역사
– 미라벨 정원에서

버선을 넣어 가리라는 생각을 진작부터 했는데 정작 여행 가방을 쌀 때는 까맣게 잊어버렸다.

〈사운드 오브 뮤직〉에서 여주인공 주리 엔드루스가 일곱 아이들과 도래미송을 부르는 언덕, 눈 덮인 알프스가 둘러 서 있는 초록의 들판에서 우리춤 한 사위를 추리라 마음먹었다. 다행히 긴 치마 딸린 옷 한 벌은 넣어갔는데, 정작 팔은 한 번 들어보지도 못하고 돌아왔다.

영화의 배경이 되었던 오스트리아의 찰스캄머구트에 내려서 풍경 좋기로 유명하다는 그 전경을 바라다만 보았다. 알프스는 어느 곳이나 초록의 언덕이 있고 어디서나 눈 덮인 봉우리가 보였다. 굳이 영화의 배경이라고 찾아갈 곳이 따로 있는 게 아니었다. 정작 촬영지로 알려진 곳은 미라벨 정원이었지만, 내게는 들판에서 노래 부르던 정경이 깊게 새겨져 있었던가 보다.

나는 알프스를 영화나 그림엽서 속에서만 보았다. 초록의 들판에 그림 같은 집들이 있는 목가적인 풍경, 그래서 여학교 때 살고 싶은 곳으로 스위스를 첫 손에 꼽았다. 그러나 독일에서 오스트리아로 넘어가면서 바라다 본 알프스는 태산준령이었다. 삼천 미터가 넘는 봉우리가 삼백 개가 넘는다는 알프스, 그 웅장하고 험준한 눈 덮인 봉우리를 보며 내가 그리던 알프스가 소녀 시절의 감상과 맞물려있음을 알았다.

연전에 일본에 있는 북 알프스를 등산할 기회가 있었다. 이름이 북 알프스가 된 연유를 들었는데도 정작 알프스를 본 적이 없어 실감이 나지 않았던가 보다. 삼천 미터가 넘는 산, 그 산자락에 얹힌 산장에서 드센 바람소리 때문에 잠을 설치던 생각이 난다.

오스트리아로 들어오면서 알프스는 아기자기해 졌지만, 그렇듯 우람하게 이어지는 알프스를 보며 입을 다물지 못했다. 챨스부르그에 있는 미라벨 정원에서도 눈 덮인 알프스는 그림처럼 다가왔다.

평민의 딸인 살로메를 사랑한 볼프 디트리히 주교가 그녀와 열 명의 자식을 위해 지었다는 알텐아우라 궁전의 정원을, 후대 주교들은 그 흔적을 지우기 위해 이름을 바꿔 미라벨 정원이라 불렀다고 한다. 사백년이 지났는데도 여전히 물을 뿜는 분수와 연못과 대리석 석상, 그리고 꽃들이 아름다운 그 정원에 서니, 인간의 역사는 사랑의 역사임을 새삼 알게 된다.

이곳에서 촬영했다는 음악 영화 〈사운드 오브 뮤직〉도 견습 수녀인 마리아가 일곱 아이들이 있는 트랩가의 가정교사로 와서, 그 아이들의 아버지인 대령과 사랑하게 되는 내용이고 보면, 사랑은 시대를 뛰어넘어 영원한 주제임에 틀림없다.

가족을 위해 미라벨 정원을 만든 그 주교도 노년에는 요새에 감금되어 쓸쓸히 일생을 마쳤다 한다. 죽은 왕비를 위해 건축미의 극치라는 타지마할을 지은 인도의 샤자한이나, 바그너를 위해 백조의 성을 만든 독일의 루드릭 2세는 국고를 탕진해 권좌에서 쫓겨나는 공통점을 가지지만, 후세에 더 할 수 없는 꿈의 궁전을 남김으로써 국고를 튼튼히 하는데 도움을 주고 있다.

옛날이나 지금이나 몽상가들은 그들의 사랑을 실현하는 탁월한 능력을 지녔음에 틀림없다. 우리 같은 범인이 보기엔 가당찮은 일도 가능케 하고, 그래서 누구도 흉내 낼 수 없는 아름다운 예술품을 만들어 후대에 그 사랑을 전하고 있다.

나처럼 사랑을 꿈꾸기만 하면서 인생을 보내버린 사람에겐 경이롭고도 경이로운 일이 아닐 수 없다. 그들의 놀라운 실천력은 용기만으로, 능력만으로 되는 일은 아닐 것이다. 가슴속에 용솟음치는 열정과 상상력이 만나 불후의 명작을 남기는 건 아닐지.

그림같이 아름다운 미라벨 정원에 서서 주교와 사랑한 살로메의 흔적을 느끼며 부러운 마음이 되었다. 어쩌면 이곳에서 영화를 찍은 로버트 와이즈 감독도 나와 같은 마음이 되어서 트랩대령과 마리아의 사랑이야기를 씨줄로, 일곱 아이들의 영롱한 노래소리를 날줄로 〈사운드 오브 뮤직〉이라는 한 필의 베를 짠 건 아닐까. 그 옷감은 세월을 뛰어 넘어 만인의 가슴에 제 나름의 옷 한 벌을 짓도록 우리를 유혹하고 있는 건 아닌지.

미국에서 만들어진 이 영화로 해서 오스트리아는, 아니 잘스부르그는 오래도록 사람들의 가슴에 찾아가고 싶은 고장으로 자리할 것이다.

모차르트가 태어나고 명지휘자 카라얀이 태를 묻었다는 음악의 도시에 더하여 미라벨 정원이 있는 아름다운 곳으로 기억되지 싶다.

한 편의 영화가 주는 여운을 보면서 우리 산하를 배경으로 이런 영화 한 편 만들어졌으면, 도래미송에 비해 손색없는 우리가락과 춤사위를 엮어 명작 한 편 태어나기를 소망하게 된다. 누가 이런 베 한 필 짤 사람은 없는가. 그래서 만인의 가슴에 찾아가고 싶은 곳으로 자리매김할 수는 없는가. (2011)

자유로워지고 싶다

세상과 통신으로 연결되어 있어야 안심이 되는 버릇은 언제부터 생긴 것일까. 아마도 핸드폰이 나오고부터이지 싶다.

나는 외출할 때는 말할 것도 없고 아침 산책이나 목욕을 갈 때도 가지고 다녔다. 손목시계 차는 걸 싫어해서 더욱 그랬을 것이다. 그런데 요즘 와서 되도록 집에 두고 다닌다. 무슨 중요한 사업을 해서 시시각각으로 보고를 받아야할 만큼 긴요한 일이 있는 것도 아니다. 아무튼 손에 쥐고 살았다는 걸 알아차린 것은 남미여행이 준 선물이다.

여행을 떠날 때, 우리 집 아이들은 핸드폰을 로밍해가라고 했지만, 일상을 떠나는 마당에 세상과의 연결 고리를 가지고 갈 일이 아니라는 생각이 들었다. 잡다한 일상을 떠나는 것이 새로운 문명과의 해후보다 더 소중한 일이며, 아니 여행이 주는 선물인데, 굳이 살던 세상과 통신으로 연결할 일이 아니었다.

그러나 여행길에는 시계가 필수품이다. 여럿이 움직이다보면 시간 맞춰 모이는 것이 제일로 신경 쓰이는 일이다. 그래서 서랍에 넣어두었던 손목시계를 지니고 갔으나 오래 사용하지 않다보니 전지가 다 되었는지 바늘이 멈춘 채 움직일 줄을 몰랐다. 그래서 여행기간 내내 장님이 요령소리를 듣고 따라가는 것처럼 남이 가는 대로 따라다니니 의외로 편안했다. 어차피 시차가 생겨서 한국의 시간과 미국의 시간, 그리고 남미의 시간이 달랐다. 꼭 몇 신지 알아서 뭐 하겠느냐는 생각마저 들었다. 어떤 연락도 오지 않고 어떤 소식도 전할 필요가 없는, 세상살이에서 놓여난 것 같은 홀가분한 심경이 즐거웠다.

그러다가 여행 중에 웃지못할 일이 생겼다. 우리를 처음서 끝까지 동행하는 가이드가 없었던 탓도 있었지만, 남미는 워낙 광대한 곳이라 여러 번 비행기를 탔다. 현지 가이드가 비행장까지 와서 전송하고, 또 도착한 곳의 가이드가 마중 나오게 돼 있어서 비행기를 내리고 타는 일은 우리 몫이었다.

비행기에 오르면 나는 곧잘 잠이 든다. 비행기 뿐 아니라 전철을 탔다가도 잠이 들어 내릴 곳을 지나치는 바람에 되돌아오기를 수없이 했다. 이런 사정이지만, 비행기는 떴다하면 종착지에 착륙하니까 내릴 곳을 지나칠 염려는 없기에 마음을 아주 풀어 놓았다. 예외가 있는 줄 알지 못했던 나는 비행기가 착륙하자 잠에서 깨어 서슴없이 내리려고 출입구를 향해 간 적이 있다. 그런데 이상하게도 내리는 사람보다 앉아있는 사람이 더 많았다. 의아하게 생각하면서도 앞 출구를 향해 나가면서 앞 좌석에 앉아 있던 일행에게 왜 안 내리느냐고 물었더니, 다섯 시간의 비행 시간에서 아직 두 시간밖에 오지 않았다는 것이다. 버스처럼 사람을 중간 기착지에 내려놓고 승객을 다시 태워 가는 비행기가 있는 줄 몰랐던 나는 머쓱해져서 자리로 되돌아왔다. 이 멍청한 꼴을 지켜본 상난끼 있는 일행은 내리려고 나간 게 아니었느냐고 놀렸다. 참으로 난감하고 남사스러웠다. 제대로 가는 시계를 가지고 있었다하더라도 자고 있었으니 의심 없이 내리려고 했을 거다. 덤벙대는 내 성격 탓이지 시계 탓만은 아니다. 다른 일행들은 중간 기착지가 있다는 걸 미리 알고 있었는데 나만 모르고 있었던 모양이다.

중간에 쉬었다 떠난 곳이 어디냐고 물었더니, 브라질의 수도인 브라지리아였다고 했다. 아마존의 중심도시인 마나우스를 출발한 비행기가 리오데자네이로로 가는 도중에 그곳을 경유한 것이다. 보통 다른 곳을 경유할 때는 내려서 기다렸다가 다른 비행기를 갈아타곤 했는데 참 희한한 일도 다 있었다.

이런 우사를 하긴 했지만 다른 사람을 졸졸 따라다니는 여행이 그렇게 편할 수가 없었다. 이번처럼 예외가 있으면 창피한 경우도 생기지만, 신경 써야할 일이 없다는 것, 평소 살아오던 세상살이의 어떤 것에서도 자유로워지는 것은 여행이 주는 재미고 보너스다. 시간조차도 생각 속에 존재한다는 사실을 깨닫게 해 준 여행이다. 내가 시간을 의식하지 않으면 시간은 나를 놓아주었다. 시간에 매여 지내는 것은 다분히 나의 뜻임을 알았다.

집에 있었다면 분명 여기 저기 신경써야할 일이 많았을 것이고, 아이들이 전화만 받지 않아도 무슨 일이 있나 걱정스러웠을 게다. 그런 모든 것에서 해방이 되었다. 그래서 더욱 홀가분하고 자유로웠다. 어떻게 보면 하지 않아도 될 일을, 또 공연한 걱정을 하며 헉헉댔는지도 모른다. 그렇게 사는 데 결정적인 역할을 하는 게 핸드폰이지 싶다. 모르고 넘어갈 수도 있는 일, 뒤에 인사를 차려도 되는 사소한 일까지도 굳이 제 때 한다고 얼마나 수선스럽게 살았을까.

등산을 갈 때도 핸드폰을 꼭 챙겨갔지만, 이번 여행 이후로는 반드시

자동차에 두고 간다. 어차피 산에 올라가 있을 때는 혼자 행동을 하지 못한다. 시간을 다투는 일이 생기더라도 마찬가지다. 세상과의 연결고리, 그것이 있어야만 안심이 되는 것은 버릇이고 습관임을 이번 여행에서 비로소 깨닫게 된 것이다.

사람과의 소통에 불편을 주면 소외라도 될 것처럼 초조한 마음, 다른 사람이 가진 것을 나만 갖지 않았다는 불안감, 이런 점들이 핸드폰을 잠시라도 손에서 놓지 못하는 마음의 밑바탕이 아닐까.

지하철에 앉으면 남에게 다 들릴 정도로 통화를 예사로 해대는 사람들을 본다. 그 내용이란 것이 불요 불급한 것들이다. 그 시간만이라도 조용히 앉아 갈 수 있으면 좋으련만 연신 핸드폰을 꺼내어 게임을 하거나 만지작거리는 사람이 많은 걸 보면 중독이 되어도 단단히 되어있는 것 같다.

그러나 이런 세태의 와중에도 예외가 있다는 사실은 무척 신선한 소식이다. 개성적인 노래를 부르는 가수 송창식은 핸드폰은 커녕 전화기가 없어 섭외할 일이 있으면 그를 직접 방문해야한다는 말이 들리고, 나라가 어려울 때 시국 춤을 추던 이애주 교수도 전화 없이 산다는 말을 들었다. 세태의 흐름과 상관없이 자신의 시간을 온전히 누릴 줄 아는 사람들이 있음을 생각하면 존경심이 절로 든다.

핸드폰의 소리가 사라진 자리에 고요한 침묵이 깃들고, 그런 나머지 그만큼의 사색이 자리하고, 아니면 비워진 자리에 자연이 지닌 천연의 소리가 찾아든다면 더욱 편안해지지 않겠는가. 점차 자유로워지고 싶다. (2008)

태극마을

누가 부산의 마추픽추라고 그렇게 멋진 이름을 붙였을까. 사람 사는 집이 풍경이 되는 곳, 감천동 태극마을이다. 6·25 전쟁 때 피난민들이 터를 잡았던 산 동네, 태극도를 믿었던 신도들이 난리를 피해 와 모여 살았다는 곳이다. 그 전쟁의 상흔에 옷을 입혀 문화마을이라는 이름으로 거듭나고 있다.

꼬불꼬불한 골목을 사이에 두고 판잣집들이 들어섰던 곳, 산비탈에 다닥다닥 붙어있어 항구에 들어오는 배들이 야경에 탄성을 발한다는 곳이다. 처음에는 거적으로 나무판자로 얽어 집을 만든 것이 효시였다는 판잣집, 그 판자는 슬레이트로 바뀌고 다시 슬래브로 진화해서 색색의 페인트를 입었다.

고속도로가 천지 사방으로 뚫려 한나절이면 웬만한 네는 갈 수 있는 지금도 살던 고향을 두고 떠나는 것은 어려운 일이다. 하물며 육십 년

전에 전쟁으로 낯선 이곳에 내몰린 사람들의 처지는 어떠했을지 상상하기 어렵다. 지금은 부산의 산토리니니 마추픽추니 하는 근사한 이름으로 불리면서 사진 찍는 사람들이 한 번은 와 보고 싶어 하는 명소가 되었다. 그 달동네가 명승지로 태어나고 있는 중이다.

그러나 낭만적인 감상은 잠시 스쳐갈 뿐, 이런 곳에서 살아 본 사람만이 아는 오래된 현실은 따로 있다. 두 팔을 벌리면 양쪽 집 담이 손가락 끝에 와 닿고, 길에서도 안방의 얘기소리가 들리는 곳, 벽이 담이 되는 동네다. 이웃집 부침개 냄새가 자그르르 건너오고, 분뇨차라도 오면 온 동네가 냄새로 덮이는 마을, 부산 아니고 어디에 이런 곳이 또 있을까.

골목길을 조심스레 걷는다. 길모퉁이기도 하고 마당이기도 한구석에 플라스틱 물통을 놓아 고추 모종을 심고 채송화도 함께 피어있는 정다운 길, 아마 이곳 사람들은 아직도 쓰레기를 담아 들고 이 길을 따라 도로까지 나와야 할 것이다. 사람 하나 다니기도 비좁은 골목에 청소차가 들어올 수는 없는 일, 지금은 종량제 봉투를 사용해야 되니 그걸 들고 골목 끝까지 나와야 될 것이다.

영도에도 이런 산 동네가 있다. 남편 직장 따라 신혼살림을 그곳에 차렸던 나는 쓰레기통을 머리에 이고 새벽이면 청소차를 향해 달렸다. 도로변에 살아도 그랬는데, 골목 안에 살던 사람들은 그 긴 골목을 어떻게 내달렸을까. 딸랑딸랑 울리던 종소리를 놓칠세라 새벽잠을 설치던 생각이 난다. 추운 겨울에는 일어나기도 싫었는데, 그때는 왜 하필 청소차가 새벽에 왔는지 모를 일이다. 세 아이를 낳고 막내가 초등학교에 입학하면서 그곳을 떠났지만, 어쩌다 가끔 그곳에 가면 지금도 옛날의 골목이 그대로인 것을 보게 된다.

겪어보지 않으면 헤아리기조차 어려운 일, 끝이 없을 것 같은 꼬불꼬불한 골목길을 조심스레 걷는다. 아이 야단치는 소리, 그릇 달그락거리는 소리를 들으면 사람의 훈기가 배어나오는 곳. 페루의 마추픽추에 비할 건 아니다.

사람이 살았던 흔적이라곤 돌담 뿐, 바늘 하나 들어가지 않을 것처럼 정교하게 쌓아올린 돌담, 바람이 와서 어슬렁거리다 가는 그곳에는 정적만 깔려있었다. 그 골목길을 돌면서 사라진 사람들의 삶을 상상할 따름이다. 잘 생긴 산봉우리가 둘러 선 마추픽추는 과거의 도시였다. 사람의 숨결이 멎은 곳은 아무리 아름다워도 적막하다. 경치로 손꼽힌다는 금강산에 갔을 때도 사람이라곤 관광객인 우리 뿐 적막강산이었다.

지금도 마추픽추라면 돌담의 자취보다 그곳으로 가기 전에 묵었던 우르밤바라는 곳에서 만났던 젊은 인디오 여인이 먼저 떠오른다.

평소에 나는 간식을 잘 먹지 않는 편이다. 더구나 과자 같은 걸 좋아하지 않지만, 특히 비행기에서는 꼬박꼬박 주는 식사를 하고 갇힌 듯이 앉아있는 게 불편하여 더욱 입에 대지를 않는다. 그래서 주는 대로 모아두었다가 여행길에서 만나는 아이들에게 주곤 한다. 미군을 졸졸 따라다니며 거지처럼 과자를 받아먹던 어린 날의 우리처럼, 낯선 관광객을 둘러싸는 오지의 아이들에게 그것은 반가운 선물이 된다.

그 인디오 여인은 우리가 묵었던 숙소 앞에서 민예품을 팔고 있었다. 스무 살이나 되었을까. 나는 아기들에게 주라며 과자를 내놓았다. 말은 못 알아들어도 반기며 그걸 받더니, 팔고 있던 조그만 브로치를 내밀었다. 손가락 한마디만 한, 색실로 만든 남녀가 있는 인형이다. 과자를 그냥 받지 않겠다는 그 마음이 고마워서 주저 없이 받아들었다.

나는 요즘 찬바람이라도 불면 두둑한 스웨터 깃에 그 인형을 달고 나선다. 그러면 그 조그만 브로치는 나를 곧장 페루로 데리고 간다. 리마 공항에 내렸을 때 민속의상을 입고 '콘도르는 날아가고'를 연주하며 우리를 환영하던 인디오들, 낙타처럼 생긴 조그만 야마를 데리고 서서 포즈를 취해주던 원주민 아이들, 그리고 살던 사람은 사라지고 돌로 지은 집들의 돌담만 남아있던 마추픽추의 그 거대한 적막이 어제인 듯 다가오는 것이다.

사람이 살고 있지 않는 유적은 헌옷처럼 윤기가 없다. 그리하여 태극마을이 부산의 마추픽추라는 이름을 얻었을지라도 그곳보다 더 생기가 나고, 끊이지 않고 피어나는 생명이 있어 살아 숨 쉬는 곳임을 알게 된다.

그런 곳에서는 구경꾼처럼 동네를 기웃거리지 말 일이다. 일상의 삶이 좁은 골목을 사이에 두고 펼쳐지며 이어지는 곳, 누더기 같았던 피난살이의 흔적이 살아서 풍경이 되는 태극마을은 질기 디 질긴 생명 그 자체이다. (2011)

빈손으로 보내고

깊어가는 가을날, 설악산 수렴동 계곡에서 하루를 보내는 행운이 있었다. 천왕봉으로, 봉정암으로 가는 사람들이 줄을 잇는 모습을 부러운 마음으로 바라보며, 명경 같은 물에 발을 담그고 있으니 송사리 떼가 와서 발을 간지럽게 했다.

가다가 쉬고 걷다가 쉬며 물가에 앉아 있으려니, 건너편에서 다람쥐 한 마리가 누가 부르기라도 한 것처럼 우리 쪽으로 급하게 건너왔다. 주머니에 넣어 온 마른 문어를 씹고 있던 참이었는데 그 냄새를 맡고 왔나 보다. 한 쪽을 던져주었더니 하릴없이 주위만 맴돌고 있다. 땅콩은 이미 먹어버린 뒤다. 야산에서는 보기조차 드문 다람쥐, 이 귀한 손님에게 아무 대접도 못하고 말았다. 곁에서 서성이는 다람쥐를 보면서 미안한 마음이 일었다. 오라고 손짓이라도 한 섯처럼 돌을 골라 밟으며 물을 건너온 손님이다.

하릴없이 서성이는 다람쥐를 보노라니, 문득 저렇듯 나에게 뭔가를 기대하고 왔던 사람을 빈손으로 보낸 적은 없었던가 하는 생각이 들었다. 정작 땅콩은 내가 다 먹어버리고, 먹지도 못할 문어쪼가리를 던져두고는 빙빙 도는 다람쥐를 구경만 하고 있는 나, 다람쥐처럼 나에게 실망해서 돌아간 사람은 없었을까. 지금은 다람쥐가 왜 왔는지 알기나 하지만, 말없이 곁에 와 섰다가 무렴해서 돌아 간 사람도 있었을 터, 그 뜻조차 헤아리지 못한 적이 어찌 없었을까.

돌이켜보면 내 앉은자리가 큰딸이고 큰며느리여서 주위 사람에게 해야 할 일이 많은 입장이다. 그 책무를 다하지 못했음은 물론, 애초에 할 생각조차 없었던 적도 있었다. 그것은 무거운 짐이었고 외면하고 싶었던 자리다. 섭섭해서 돌아 간 사람이 어찌 한 둘이겠는가. 그러나 각자 살아가는 마당에 누구 한 사람에게만 희생적인 태도를 바라는 건 부당하다고 생각했다. 그런 중에도 부득이했건 마지못해 했건 이런 저런 보살핌이 없을 수 없고, 그것은 내 것을 하지 않아야만 상대에게 가는 이치에서 크게 벗어나지 않는데, 세월이 지나고 보니 도리어 그 상대에게 섭섭함을 느끼는 옹졸함을 나에게서 본다.

어떻든 그때 내 곁에 와서 알게 모르게 서성이던 사람들에게, 땅콩이나 도토리가 필요했던 사람에게, 먹지도 못할 문어쪼가리를 내 놓지나 않았는지, 더 나아가 눈치조차 못 채지는 않았는지, 그때 내게는 땅콩이 없고 주위를 돌아볼 겨를이 없을 만큼 허덕이며 살았어도 그들은 섭섭했을 것이다. 빈손으로 돌아가는 심정이 오죽했을까. 어디 집안에서만 그랬을까. 사회에서 만났던 사람들, 친구들도 기대를 갖는다는 자체가 섭섭함을 내포하고 있는 줄을 몰랐을 것이다.

그런데 다람쥐를 보며 참회하는 마음이 되었던 그날, 돌아오는 차 속에서 여지없이 빈손을 내밀고 말았다. 아니 빈손을 넘어 쪽박까지 깨고 말았다. 차 안에는 술이 한 배 돌고 여흥이 시작되고 있었다. 길도 멀고 심심한 귀갓길, 어찌 술이 없을 수 있으며 한 가락의 노래가 없을 것인가. 차 속에서 노는 것이 불법이니 위법이니 하는 것은 맨 정신일 때 하는 소리, 차창에 커텐을 내리고 풍악을 울리자 몇몇이 통로에서 몸을 흔들기 시작했다. 그런데 갑자기 내 손목을 잡아끄는 남자가 있었다. 나는 순간적으로 팔을 홱 뿌리쳤다. 생각을 하고 말고 할 틈도 없이 사정없이 한 행동이었다. 그러나 고민은 그 다음 순간부터 시작되었다. 저 분이 다음에 나를 만나면 얼마나 면구스러울 것인가. 안 볼 사람도 아닌데 서먹해서 이일을 어쩌면 좋은가. 술김에 같이 놀아보자고 한 것을 그렇게 모질게 뿌리쳤으니 생각할수록 낭패한 심정이 되었다. 이럴 때 유연해질 나이가 넘었는데 어쩌자고 칼날처럼 굴었는지. '평소에 술 취한 남편 꼴도 보기 싫은데 하물며' 하는 심사였을 테지만 그래도 그렇지, 나는 난감한 심정이 되었다.

간혹 다른 지방에서 결혼식을 치르는 친구네 혼사에 갔다가 돌아오는 차 속에서 몸을 흔들며 노는 혼주의 친구들을 연민의 눈으로 바라본 적이 있다. 몸은 이미 노인티가 나지만, 기분은 젊어서 취기를 빌려 신명을 돋우는 남자들을 보노라면 세월의 무심함이 비켜가지 않음을 보게 되고 나 역시도 그렇게 나이 들어감에 한마음이 됨을 느끼곤 했다. 그런데 그런 연민의 감정은 어디 가고 그 마음에 생채기를 내었으니, 나는 몸 따라 늙지 않는 내 마음을 원망했다. 함께 늙어가는 사람으로 보지 못하고 술 취해 지분대는 남자로 보는 나의 협소함이 나도 약속했다. 함께 손잡고 더분더분 어우러져 노는 일이 나에게는 왜 아직도 어색한 것일까.

다람쥐를 빈손으로 보내고 참회했던 것도 잠시, 땅콩은커녕 마른 문어도 아닌, 돌을 던져 쫓아버리는 지경에 이르렀으니 이 일을 어떻게 할 것인가. 고민을 거듭하던 끝에 용기를 내어 그 분에게 가서 손을 내밀었다. 그리고는 어설픈 몸짓으로 한바탕 소란을 떨었다. 아까는 미안했다는 사과도 잊지 않았다.

옆자리에 앉았던 친구는 나를 보고 "되로 받고 말로 주었다."고 웃었지만, 큰 짐을 가슴에 얹어둘 뻔했다. 생각이 행동을 변화시키지 못하면 그런 참회는 소용이 없다. 금방 후회하고 금방 고쳐하는 일이 있어도 어쩔 것인가. 자꾸 그러다 보면 익숙해지겠지. 이 생에서 못하면 저 생에서라도 갚아야 될 지 누가 알랴, 앞으로라도 나에게 온 인연은 되도록 빈손으로 보내지 않으리라 다짐을 한다. (2005)

한국전의 대학살

평생을 살아도 서로를 잘 모르는 것이 부부가 아닐까 하는 생각을 할 때가 있다. 우리 집만 해도 나는 자연을 좋아하고 사람에게 마음이 끌리지만 남편은 그림에 관심이 많다. 그는 화가가 해석한 삶과 자연을 좋아하는 것 같은데, 내가 보기에 그 사람과 자연은 대개 액자나 갇힌 공간 속에 있다. 그러니 나는 산으로 들로 나다니는 편이고, 그는 미술관으로 화랑으로 다니는 편이다.

그런데 어쩌다 해외여행을 가게 되면 본의 아니게 남편을 따라 미술관을 찾아다니게 된다. 그림에 별 관심이 없으면서 미술관을 다닌 나 같은 사람도 흔치 않을 것이나. 유럽 여행을 갔을 때도 관광이나 하고, 좋아하는 문인들의 유적을 찾아보고 싶었지만, 미술관부터 가고 남는 시간에 선심 쓰는 것처럼 관광을 하는 데는 여간 짜증이 나는 게 아니었다. 남편과 다시 여행을 가면 사람이 아니다 라고 작정을 하지만, 훗날 누군가 먼저 세상을 떠날 텐데, '그때 같이 갈 것을' 하고 후회하게 될까봐 다시 따라 나서곤 한다.

영어라도 할 줄 알면 미술관을 도는 시간에 시내 구경이라도 할 텐데 그도 안 되니 따라다닐 수밖에 없다. 어쩌다 딸들과 같이 여행을 가도 아버지와 같이 움직이려드니 자식과 같이 있을 욕심에 따라 나서곤 한다. 프랑스 파리에 갔을 때, 날마다 미술관을 다니기가 싫어서 안내를 맡은 막내한테 "아빠 미술관에 넣어드리고 우리 옷 구경 가자." 고 했더니, "옷가게는 다른 나라에도 많이 있지만, 이 미술관은 여기 밖에 없어요." 라고 했다. 지금 생각해도 오르세, 그 미술관에서 눈이 번쩍 뜨이도록 반가웠던 것은 식당에서 빵을 데워주던 전자 렌지였다. 〈대우〉라는 글자가 선명한 우리나라 제품이었기 때문이다.

내 눈에는 이것도 저것 같고 저것도 이것 같은 그림이 그들 눈에는 무엇이 그렇게 재미있는 것일까. 하루 온종일 미술관을 돌아다니다보면, 학교 때 미술책에서 보던 그림들을 만날 때가 있다. 그럴 때는 반가워서, 밀레의 〈만종〉이구나. 어, 〈모나리자〉네 하지만, 곧 지루해지고 이방 저방 따라다니노라면 다리가 아파 의자만 찾게 된다. 편안하게 앉을 수 있는 자리가 갖춰져 있으면, 친절한 미술관이구나 하고 털썩 주저앉곤 했다.

그런데 지난 여름, 스페인에서 특별한 경험을 했다. 마드리드의 프라도 미술관에는 피카소의 특별전이 열리고 있었는데, 거기서 우리나라의 6·25 전쟁을 그린 〈한국전의 대학살〉이라는 그림을 본 것이다. 피카소가 우리나라에 와 본 적도 없다는데, 벌거벗은 채 배가 볼록한 아이들과 여인들을 향해 군인들이 총부리를 겨누고 있는 참상이 그려져 있었다. 그 그림은 같이 전시 되어있는 〈게르니카〉와 조금도 달라 보이지 않았다. 2차대전 때 프랑코 총통이 독일군과 손잡고 스페인의 게르니카라는 마을을 폭격한 소식을 듣고, 그림으로 독재정권에 항거했던 피카소, 그래서 프랑코가 죽은 후에야 이 작품과 함께 조국에 돌아왔다고 한다.

나는 〈한국전의 대학살〉 앞에서 발을 뗄 수가 없었다. 백 마디의 말보다 강력하게, 몇 권의 책 보다 간결하게 우리 동족 끼리 벌인 살육의 참상을 고발하고 있었던 것이다. 내전을 겪었던 조국의 경험에 비추어 우리를 건너다 본 것일까. 그가 유명한 화가여서 더욱 그랬겠지만, 나처럼 그림에 별 관심이 없는 사람에게도 그 장면은 충격적이었다. '그렇구나, 살아있는 것은 없어지고 사라지기 마련이지만, 그림으로 그려놓으면 동시대 사람은 말할 것도 없고 앞으로 올 세대에게도 그때의 역사를 증명하는 것이구나.' 나는 그림이 주는 의미를 발견하고 좀처럼 발을 뗄 수가 없었다.

원시인의 동굴 벽화가 남아있다는 알타미라에 갔을 때도 비슷한 느낌을 받았다. 동굴 벽화를 보존하기 위해 따로 모형전시관에서 보여주고 있긴 했지만, 천정에 그려져 있는 소, 말, 양, 그리고 지금은 사라진 동물들의 모습까지 어쩌면 그렇게 살아있는 것처럼 그려놓았는지, 현대화가가 그렸다고 해도 조금도 손색이 없을 만큼 사실적이었다. 선으로만 그렸는데도 펄쩍 뛰고 있는 말의 역동성이 힘 있게 느껴지고, 자연에서 얻은 물감으로 그렸으나 일만 년이 지나도록 변하지 않는 그

색채에 탄성을 지르지 않을 수 없었다. 그랬다. 그림만이 증명하는 무엇이 있었다. 그러고 보면 문자도 없던 시대에 그 동물들을 그림으로 남겨 두고자 했던 원시인들도 피카소와 똑 같은 생각을 가지고 있었음에 틀림없다.

그림은 시대와 그 시대를 살았던 사람들의 생활과 생각을 전해주고 있었다. 그러고 보면 울산 반구대의 암각화도 오랜 옛날 그곳에 살았던 사람들이 일상적으로 대했던 고래나 물고기들을 바위에 새겨서 오늘까지 전해주고 있는 게 아닌가.

평소에 남편이 책이나 그림을 보며 방에만 앉아 있다고 싫어했더니 호기심이 많은 면에서는 나보다 더한 사람임을 알겠다. 그는 우리보다 앞서 간 사람들의 이야기를 읽고 있었고, 또 같은 시대를 살아도 생각이 다른 사람들의 그 시각을 보고 있었나보다. 거기다 내가 잘 모르는 화풍이나 기법까지 살폈을 테니 볼 것도 많겠다는 생각이 들었다. 그러고 보면 이번 스페인여행은 평생을 살아도 몰랐던 남편과 그림을 이해하는 계기가 되었다.

사실 이번에는 아트투어였기 때문에 어느 정도 체념을 하고 갔었다. 그러나 미술관만 찾아다닌 유럽 여행지와 달리 다양한 볼거리가 많은 여행이어서 퍽 재미있고 신이 났었다. 더구나 박식한 가이드가 자세한 설명까지 해주어서 그림을 보는 재미를 알게 하였다. 혼자 재미에 취해 다니는 남편 뒤 꼭지만 바라보며 따라다닌 여행과는 달랐다.

이름난 휴양지 산세바스티안 바닷가에 갔을 때, 하늘과 바다를 배경으로 한 설치작품이 있었다. 칠리다라는 사람이 만든 쇳조각이 바위에 설치돼있었는데, 쇳물이 녹아내린 채 서 있는 그 작품이 바다와 어우러져 아름다운 선을 만들어 내고 있었다. 자연도 예술작품과 어우러졌을 때 한 멋을 더 낸다는 것을 알았다. 내가 좋아하는 하늘과 바다가 한층 아름다워 보였으니 나에겐 새로운 발견이 아닐 수 없었다.

미술을 전공하는 남편과 평생을 살고 나서야 비로소 여기쯤 도달했으니, 함께 산다고 해도 서로를 안다는 것이 쉽지 않음을 새삼 깨닫게 된다. (2006)

길 따라 풍류 따라

깊을 대로 깊은 가을 속으로 문학기행을 다녀왔다. 남도로 간 이번 나들이는 초행인 곳이 많아 재미를 더했다.

인상적인 곳은 조선조 때 정암 조광조가 유배를 와 있었다는 능주의 초가집과 절명시絶命詩였다. 일부러 찾아가지 않고는 가 볼 수 없는 궁벽한 시골인데, 오백 년 전 그때, 한양에서 이 외진 곳까지 어떻게 왔을까 싶을 만큼 먼 길이었다. 한때는 충신이었고 뒤에는 대역 죄인이 되어 임금이 불러주기만을 학수고대하다가 사약을 받은 한 지식인의 심정이 절명시로 남아있었다.

"임금 사랑하기를 아버지 사랑하듯 하였고, 나라 걱정하기를 내 집 걱정하듯이 했도다. 하늘이 이 땅을 굽어보니, 내 일편단심을 밝게 비추리라."

모함하고 시기하는 정치판이 진흙탕인 것은 어제 오늘의 일이 아니다. 임금의 사랑을 독차지한 것이 죄였지, 이런 일이 어찌 그 시대에만 있었겠는가. 복원한 초가 마당에 나무가 한 그루 있었는데, 아마 거기쯤에서 사약을 받았으리라. 제 뜻과는 상관없이 제 손으로 죽을 수밖에 없는, 참으로 잔인한 사형제도가 아닐 수 없다. 근처에는 그로부터 백오십 년이 지나 송시열이 비문을 쓴 정려유허비가 거북모양을 한 커

다란 자연석 위에 세워져 있었다. 언제는 죽일 죄인이었다가 언제는 덕을 기리는, 인간의 잣대가 뜬구름과 다름없음을 보여주고 있었다.

그에 비하면 스승인 조광조의 몰락을 지켜 본 양산보가 관직을 버리고 고향인 담양으로 돌아와 소쇄원이라는 정원을 만들어 산 자취는 솔바람처럼 싱그럽다. 그가 그런 결단을 내리지 않았다면 뒷날 조광조와 같은 처지에 놓였을지 누가 알겠는가. 덕망 높고 학식 있는 대학총장들이 끝까지 학자로 남지 못하고 정치판에 끌려나와 끄슬리는 걸 여러 번 보아온 터라, 소쇄원의 그 정갈한 정원과 그의 낙향이 눈부시게 좋아보였다.

절망과 회의를 안고 돌아왔을 이 소쇄원의 주인이 거처하던 방, 장작불 지핀 따뜻한 방에 앉아보니, 그의 유유자적함이 온몸에 전해오는 듯했다. 연못을 만들어 다리를 놓고, 돌담을 쌓아 운치를 더하고, 그 돌담에 어울리는 글귀까지 써 둔 걸 보니 그의 풍류가 멋스럽다. 계곡물소리 들으며 정자에 앉아 친구들과 담소하며 시 짓고 창唱 하며 한세상 노닐다 갔으니 신선이 따로 있었겠는가. 우거진 대나무 숲을 바라보며 돌아 나오려니, 여름 계곡물 좋을 때 다시 와서 나도 신선처럼 한 번 거닐어 보고 싶어졌다.

소쇄원과 그리 멀지 않는 곳에 강을 내려다보며 높직이 앉은 식영정이 있었다. 서하당 김성원이 장인이며 스승이었던 임억령을 위해 건립했다는 정자, 함께 어울리던 송강 정철이 성산별곡을 지었다는 곳이다. 옹이가 박힌 목 백일홍이 세월의 두께를 말해주는 뜰에서 그 시절의 시인묵객이나 된 양 뒷짐을 지고 서 있노라니, 시비에 새겨진 성산별곡이 나를 불러 세우고 앞에 펼쳐진 강물은 잠자듯 유유했다.

이 고장의 선비들이 도포차림을 하고 별뫼 라는 이곳 성산星山으로 모여들었을 정경을 떠올리며, 쏜살같은 세월에 서성대고 있는 나를 돌아보았다. 언제나 되면 이 문객들처럼 만고의 절창이 될 시문을 지어낼 수 있을 런지, 상념에 잠겨있는 나를 잘 생긴 소나무가 내려다보고 있었다.

몇 번 와 본 적이 있는 화순의 운주사는 언제 찾아도 흥미롭고 재미있는 곳이다. 구름이 와서 머문다는 운주사雲住寺에는 여느 절에서 볼 수 없는 불상과 탑이 우리를 맞는다. 불상은 다른 절 부처님처럼 법당에 좌정하고 계시는 것이 아니라 근처 바위에 비스듬히 기대고 있는가 하면, 표정도 친근한 이웃 같이 소박하다. 석탑은 또 얼마나 기이한지, 둥그런 시루떡을 켜켜이 쌓아올린 것 같은 탑이 있는가하면, 항아리를 차곡차곡 쌓아놓은 것 같은 탑도 있다. 유례를 찾기 힘든 탑들을 보고 있으면 누가 이런 탑을 만들었는지, 왜 만들었는지, 볼 때마다 궁금하고 신비롭다. 둥그런 돌덩이들이 북두칠성 같은 별자리를 이루며 놓여있는 곳에 이르면 궁금증은 더해진다. 이곳에서 무엇보다 눈길을 끄는 것은 일어나지 못하고 누워있는 와불이다. 옆에 있는 협시불과 함께 가부좌를 하고 누워있는 부처님이 애처롭기까지 하다. 새벽닭이 울어 때를 놓치고, 일으켜 세우는 작업을 마저 하지 못했다는 전설이 사실처럼 느껴진다. 인도 아잔타석굴에 있는 와불은 카메라에 잡히지 않을 만큼 대단한 크기였지만 옆으로 편안히 누워계셨는데, 앉은 채로 누워있는 와불이라니, 지금이라도 일으켜 세우면 어떻게 될까.

추수 끝난 들녘과 단풍 든 산굽이를 돌아 당도한 쌍봉사도 좋았다. 우리나라에 몇 없다는 팔상전이 있다는 곳, 이 대웅전은 불에 타버리고 새로 지었다는데, 다행히 목불인 세 분 부처님은 그대로였다. 지나가던 농부가 불길을 보고 들어와 업어 구했다니 그 인연 또한 예사롭지 않다. 살짝 들여다보니 부처님 곁에서 가섭존자가 빙긋이 웃고 있었다.

고목이 된 단풍나무가 불길을 막아 온전하게 남아있다는 극락전은 단청 없는 수수한 자태로 우리를 맞았다. 제 몸을 태우면서까지 부처님을 구한 인연이 귀해서 불탄 상처를 시멘트로 매운 채 수문장처럼 서 있는 두 그루의 단풍나무를 눈여겨보았다. 나무둥치를 보니 백년은 넘게 살았을 것 같은데, 전생에 부처님의 은혜를 입었던 것일까. 제 철을 맞아 단풍나무는 화려하게 물들어 있었다.

가을빛 짙은 남도의 산천과 유적지를 돌아오는 길에 이름도 재미있는 짱뚱어탕을 먹었다. 개펄에 자란다는 짱뚱어로 끓인 국은 추어탕 비슷했으나 더 고소한 듯했고, 토하젓으로 밥을 비벼먹으며 식도락을 즐겼으니 이래저래 즐거운 나들이였다. (2007)

어떤 안도감

남한강과 북한강이 만나는 두물머리, 양수리에 가 본 적이 있다. 그 두 강물이 만나 한강이 되어 흐르는 곳, 한 쪽에 폭우라도 쏟아지면 붉은 황톳물이 흘러 양수리에서 만나지만, 얼마쯤 지나 섞여서 흐른다고 했다. 이런 강물의 흐름에 익숙했던 나로서는 강물은 모두 그렇게 흐른다고만 알고 있었다. 그런데 바다 같이 넓은 아마존 강에서 물빛이 다른 두 강물이 섞이지 않은 채 따로 흘러가는 광경을 보게 되었다.

저 두 물이 어째서 서로를 침범하지도 흡수하지도 않으면서 각기 흐르는 것일까. 나는 잠시 혼란에 빠졌다. 본 적도 들은 적도 없어 그랬겠지만 어떤 물도 만나면 섞여서 흐르는 우리의 강, 사는 것도 그리해야 된다고 알고 있었는데, 두 가지 색깔의 물이 선연한 물빛을 지닌 채 따로 흘러가는 모습을 눈 앞에 보고 있으니 놀랍고도 경이로웠다.

오랜 세월 쌓인 낙엽과 나무뿌리가 썩어서 생성된 갈색의 물은 베네수엘라에서 시작해 오는데, 그곳에서는 검은 강이라 했다. 페루의 안

데스산맥에서 발원해 산을 깎으며 빠른 속도로 내려오는 황토색깔의 물은 흰 강이라 불렸다.

내가 묵었던 마나우스라는 곳에는 검은 강이 흐르고 있었다. 두 손으로 떠 보면 맑은 물인데, 전체적인 물빛은 짙은 갈색이었다. 배를 타고 한참 나가면 두 물이 만나는 곳을 볼 수가 있었다.

이 두 빛깔의 물은 아마존에서 만나 12킬로를 나란히 흘러 대서양까지 흐른다고 했다. 어떤 홍수에도, 어떤 가뭄에도 섞이는 법이 없다는 강물, 한 집에서 평생을 살아도 결코 하나가 될 수 없는 부부처럼 강물은 흘러가고 있었다.

최근에 강물이 섞이지 않고 따로 흐르는 까닭이 밝혀졌다는데, 그것은 흐르는 속도가 다르고 온도가 달라서 합쳐질 수가 없다는 것이다. 그것을 증명이나 하듯이 황톳물에 떠내려 오는 나무토막은 검은 물로 넘어오는 법이 없다고 한다. 속도가 빠른 황톳물 속에서만 엎치락뒤치락 할 뿐, 흐름이 느린 검은 강물 쪽으로 넘어 오지 않는다는 것이다.

그런데 이 광경을 보면서 놀라움과 함께 슬며시 안심하는 마음이 생겼다. '그러면 그렇지, 제 모습으로 흘러가는 것도 있어야지' 하는 안도감이었다. 그렇다면 누가 나에게 우리나라 강물처럼 흘러가라고 강요한 적이 있었던가. 나는 왜 섞여 흐르기 위해 노력했을까. 따로 흘러가는 강물이 있다는 사실에 위안을 받을 만큼 살면서 힘들었던 일이 있었던 것일까. 그 안도감은 무엇이었을까. 여행에서 돌아와서도 그 의문은 쉽사리 떠나지 않았다.

무엇보다 부부는 일심동체一心同體라는 말을 믿었고 그렇게 되기 위해 노력하며 살아왔으나, 인생은 결국 따로 흘러가는 강물과 같다는 사실을 뒤늦게야 깨달았다. 자기만의 고유한 빛깔을 지닌 채 다른 물결과 나란히 사이좋게 흘러가는 강물, 부부는 말할 것도 없고 다른 사람과도 그렇게 사는 것이 오히려 건강한 삶의 방식일 텐데, 나는 왜 우리의 강물처럼 살아야한다고 생각했던 것일까. 각기 다른 색깔을 지닌 채 한 줄기 물빛으로 되어 가느라 갈등과 괴로움을 안고 산 사람이 나뿐일까. 한집안이니 한솥밥이니 하며 얽어매어 다른 나라에 없는 화병까지 생겨난 것은 아닐까.

새로운 발견이나 한 것처럼 눈을 빛내고 있는 내가 딱하다는 듯이, 옛 성인들은 이런 강물을 보지 않아도 화이부동和而不同이라는 이치를 알고 있었다고 남편은 말했다. 조화롭다는 것은 서로 같지 않고 다른 것끼리 잘 어울린다는 이치를 일찍이 설파했으나, 그 뜻을 헤아리지 못했을 뿐이라는 것이다. 두 가지 색깔의 강물도 물이라는 공통분모와 흐른다는 상태를 공유하고 있는 속에서 다르다는 사실을 봐야한다고 했다. 그 말 속에는 어떤 현상을 겉으로만 보고 또 눈으로 봐야만 알아차리는 나의 우둔함과 사색의 빈곤을 지적하려는 듯 했다. 그러나 그가 여자로 태어나 남의 집에 시집 가고 그 집안에 맞추어 살아보지도 않고 저런 말을 쉽게 할 수 있을까 하는 생각이 들었다.

그리고 아둔함도 타고 나는 것, 세상을 돌아다니고 나서야 비로소 고개가 끄덕여지는 것을 어찌하리. 그러자니 얼마나 많은 시행착오와 겪지 않아도 될 괴로움을 겪으며 고통스러웠겠는가.

그렇다면 자기만의 빛깔을 지니고 분명한 자기 목소리를 내면서도, 사람들과 어깨를 겯고 가는 길이 있음을 정녕 몰랐을까. 알면서도 자신이 없어 남의 눈치 보며 마음 한구석에 일말의 의구심을 가지고 있었던 건 아닐까. 그래서 아마존 강물의 흐름을 바라보며 안도한 것은 아니었는지. 돌이켜보면 나 자신은 물론 자식들에게도 이런 애매한 생각으로 대했을 테니 이 일을 어찌하나.

살다보니 어느 덧 인생이라는 긴 강의 하구에 가까워지고 있다. 머지않아 윤회의 바다에 도달할 것이다. 다시 태어나고 싶지 않지만 그것도 뜻대로 되지 않는다고 한다. 또 다시 긴 항해를 시작해야 된다면, 그때는 아마존 강물처럼 그저 내 생긴 대로 내 흐름대로 흘러가리라.

(2008)

주위를 돌아보며

등산을 가면 비교적 선두에 붙는 편이다. 뒤에 처지면 따라가야 한다는 부담 때문에 번번이 쉬지도 못하고 헉헉대기 때문이다.

그런데 지난 번 한라산에 갔을 때 뒤처지는 친구가 있어 보조를 맞추다보니 꽁무니에 가게 되었다. 애쓰며 올라오는 친구를 돌아보며 쉬엄쉬엄 걷다가 새로운 재미를 알게 되었다. 가다가 돌아서서 수평선도 바라보고, 오름이 그리는 곡선을 눈여겨보며 빨간 주목열매도 따 먹었다. 휙휙 갈 때는 지나치던 풍경이다. 그제야 바쁘게 사느라 주위를 돌아볼 겨를없이 앞만 보고 살아 온 날들에 생각이 미쳤다.

늦게 공부하고 직장생활하며 세 아이를 기르느라 마치 구르는 공 위에 서 있는 것 같던 날들, 이런 내게 서운하네 몰라라 하네 하는 사람들이 있었다. 무슨 일을 하면 한 곳에 열중하는 성향도 한몫을 했겠지만, 내 앞가리기도 벅차서 옆을 돌아 볼 겨를이 없었다.

최근에 동아시아에서 가장 높다는 말레시아의 코타키나바루 봉을 등정하고 왔다. 등산을 가서 그렇게 예지랑대며 걷기도 처음이다. 사천미터가 넘는 그 산은 고도가 높아 숨이 차서 빨리 걸을 수가 없었다. 말로만 듣던 고소증이 어떤 것인가를 몸으로 느꼈다.

지리책에서나 보았던 보르네오섬, 하루에 한 번씩은 비가 온다는 열대우림, 그곳에는 가지가지 양란이 자라고 있었다. 게다가 처음 보는 나무와 이끼와 꽃들로 산은 거대한 수목원이었다. 나뭇가지에는 똬리를 튼 뱀도 앉아 있었다. 속도를 낼 수 없으니 천천히 걸을 수밖에 없고, 그러자니 자연히 주위의 경치를 마음 놓고 볼 수가 있었다. 온종일 그렇듯 한가롭게 산을 오른 적이 없다.

어떤 분의 글 속에, 한 탐험가가 원주민과 달리기를 한 내용이 있었다. 내기를 좋아하는 그는 원주민과 바닷가를 거닐다가 해변 끝까지 달리기를 하자고 제의했고, 나이도 많고 체력도 떨어지는 그는 죽을 힘을 다해 달려서 도착해보니, 그 원주민은 천천히 달리고 있었다고 한다. 화가 난 그에게 원주민은 "난 그냥 달리고 있을 뿐, 시합에는 관심이 없어요. 당신은 내게 달리기를 하자고 하지 않았나요. 좋은 경치를 보며 달리는 것이 내게는 이기고 지는 것 보다 더 중요하거든요." 라고 했다고 한다.

나는 왜 시합이나 하는 것처럼 앞만 보고 달려왔을까. 자식은 곁에서 떠나고 직장에서도 물러나고, 주변에서 서성이던 사람들도 저만큼 비껴간 지금에야 주위를 두리번거리는 나를 본다. 옆을 돌아 볼 겨를이 없었던 것은 내 삶의 방식이었을까. 그래서 얻었던 것은 무엇일까. 원願이 없어졌다는 것, 그렇다면 나의 삶은 한풀이였을까.

인생이 다 지나가고 있는 지금, 새삼스레 주위의 풍경이 다가 온다. 내 곁에서 서성이던 사람들이 떠난 그 자리에 자연의 경이로움이 가득하다. 산길에서 만나는 조그만 풀꽃도 이뻐 보이고 새로 돋아나는 풀빛조차 아름답게 다가온다. 전에는 눈에 들어오지 않던 풍경이다. 나이가 들수록 자연의 아름다움에 눈이 가는 것은 무슨 연유일까. 그 원주민처럼 애초에 자연을 즐기고 주위를 돌아볼 여유를 가질 수 없었던 것은 무엇 때문이었을까.

간혹 나이가 육십 칠십이 된 노인들이 검정고시에 합격했다는 기사를 읽을 때가 있다. 대견하면서도 한편으로 안쓰러움이 느껴지는 것은, 그 나이가 되도록 그 문제에서 자유로울 수 없을 만큼 그분들이 평생 지고 온 한의 무게가 느껴지기 때문이다. 훌훌 털어버리고 내려놓았다면 그 나이에 어울리는 인생의 멋을 느끼며 살았을 텐데, 한가해진 시간에 여행도 가고 취미생활도 하면서 주위를 다독이며 함께 마음을 나눌 수 있지 않았을까.

자기 설움에 묻혀 헤어 나오지 못하고 있으면 다른 사람의 아픔이 들어 올 자리가 없다. 달리기를 시합으로 생각한 탐험가처럼 달리기만 하면 주위의 풍경을 볼 여유도 없는 것, 그렇게 인생을 살아왔다는 자각을 이제야 하게 된다.

남은 생이라도 산소가 희박한 산을 가듯이 그렇게 천천히 주위를 돌아보며 가리라. 마음 외로운 이들의 손도 잡아주고 좋은 풍경도 놓치지 않으며 정 있게 살아가리라. (2006)

4 인생은 연극

인생은 연극

다른 사람은 기억을 못해도 자신은 알고 있는 생일을 해외여행지에서 맞았다. 떠나기 전에 일행이 스물다섯 명이라는 걸 알아두었다. 패키지로 따라가는 마당이니 각양각색의 사람일 꺼라 예상을 하고 서른 장의 등산 스카프를 준비했다. 어차피 가족이 한데 모여 밥을 먹을 수도 없는 상황이어서 아이들이 보내 준 돈을 뜻 있게 쓸 수 있는 기회라는 생각이 들었다.

오악을 봐도 황산을 보지 않으면 산을 봤다고 말하지 말라는 산 중의 산인 중국의 황산을 다녀왔다. 제대로 갔으면 칠 년 전에 산악회를 따라 갈 수 있었는데, 출발하기 며칠 전에 친정어머니가 갑자기 돌아가셨다. 슬픔이 잦아지는데 칠 년이라는 세월이 걸렸는지, 석시가 가라앉는데 그만한 시간이 필요했는지 모를 일이다.

아무런 생각없이 다녀왔는데, 갔다 와서 감기몸살을 죽도록 앓는 중에 밤낮없이 꿈속에서 어머니를 봤다. 전에는 없던 일로 깨고 나면 선연한 모습이 남아있었다. 어떤 때는 젊은 모습으로 애기 손을 잡고 있으며, 또 어느 때는 하얗게 소복을 하고 생시처럼 곁에 계셨다. 마음만 젊어 먼 산을 찾았다가 앓고 있는 딸이 안쓰러웠던 것일까. 아무려나, 가지고 간 비옷이 짐이 될 만큼 맑은 날씨에, 멋진 바위산을 배경으로 한 일출도 일몰도 그리고 떠 오른 달도 보았다.

날마다 떠오르는 해를 보자고 산등성이를 타고 때론 바닷가로 내달리는 심정은 무엇일까. 설산 안나푸르나를 배경으로 떠오르던 아침해, 코타 키나바루의 그 사천 미터가 넘는 바위산에서 맞이하던 일출의 장엄함, 그리고 인도의 평원을 달리는 기차 속에서 떠오르는 아침해를 향해 합장하는 여인과 눈이 마주쳤을 때 함께 미소 짓던 그 마음은 무엇일까. 옛사람은 '소 털같이 많은 날'이라 했는데, 그 날마다 어김없이 떠오르는 해를 새롭게 맞이하고픈, 태양에 대한 감사의 표시가 아닐는지.

돌아오는 날이 생일이어서 케이크라도 하나 사 보라며 남편의 옆구리를 찔렀다. 작은 선물을 준비했는데 그냥 내놓기도 뭐하니 생일인 걸 알려야 될게 아니냐며 속내를 드러냈다. 말도 통하지 않는 곳에서 그걸 어떻게 사느냐고 되묻는 남편한테, 가이드한테 부탁하면 되지 않느냐고 구하는 방법까지 제시했다. 언젠가 시베리아 여행 중에도 생일인 사람이 있어, 케이크에 촛불을 붙여 함께 축하해 준적이 있는데 남편은 아무 생각이 없다. 일일이 내 입으로 말을 해야 되니 서글픈 생각이 들기도 했지만 어쩌랴.

아이들이 어렸을 때는 내 생일을 위해 다름없이 미역국을 끓이고 팥 밥을 했다. 평소와 다른 밥상을 마주하고 아이들은 누구 생일이냐고 물었다. 그 생일 밥을 먹고 간 날, 식구들은 하다못해 꽃 한 송이라도 사 오곤 했다. 그렇게 하면 나도 섭섭하지 않고, 또 서로 미안해하지 않아도 되었다. 밥 하는 사람이 난데 누구를 보고 챙겨라 마라 할 일도 아니어서 그렇게 지내왔다. 앉아서 밥상을 받으면서도 일 년에 하루, 마누라의 생일도 먼저 챙기지 못하는 남편을 그냥 두고 봐 온 나의 잘못도 있으니 누구를 탓하랴. 여자가 생일 밥을 얻어먹으려면 환갑이 되어야한다는 말이 있더니 아이들이 자라면서 그런 신경은 쓰지 않게 되었다.

마지막 일정인 상해의 저녁 식사 자리에서 일행의 생일 축하를 받았다. 그들이 손뼉 치며 불러주는 생일노래를 들으며 케이크를 자르고 한껏 기분이 좋아졌다. 주위에서 식사를 하던 중국 사람들까지 함께 노래를 불렀다니 그야말로 국제적인 생일잔치가 되었다. 졸지에 남편은 멋쟁이로 박수를 받았고 나는 부러움을 샀다. 거의가 우리보다 젊은 사람이라 나이든 남편의 자상함에 찬사를 보냈다. 이 부분은 예상치 못했던 일, 속으로 웃었지만 내색은 할 수 없었다.

행사가 끝나고 둘이 있게 된 자리에서 "당신 점수만 올라갔네." 한마디 했더니, 옛날에 명배우 말론 브란도는 혼자서 감독도 하고 주연도 맡던데 영화만 만들어지면 되는 거 아니냐며 눙쳤다.

나는 그제야 내가 살아 온 삶의 방식을 알아차렸다. 대부분은 그가 주연이었고 감독은 나였다. 멀리 갈 것도 없이 집안의 대소사가 그랬다. 잔치를 할 때도 하나에서 열까지 일일이 신경 쓰는 건 나였다. 그래도 결혼식장에서 자기가 없으면 결혼이 되지 않는다고 큰소리를 쳤다. 신부를 데리고 들어가야 되니 그도 맞는 말이긴 했다. 제사도 그렇다. 몇날 며칠 장 보고 준비하고 상 차리면, 그는 엎드려 절만 하면 되었다. 그러다보니 이국에서 맞이하는 내 생일도 각본을 내가 짜야하는 상황이 된 것이다.

그 스카프 두르고 등산도 가고 여행도 하며 재미있게 살라며 선물을 돌렸다. 그렇게 까지 할 건 뭐냐고 남편이 말했지만, 주연을 멋지게 연기하고 싶었던, 없이 살아 온 내 자신에 대한 위로였다. (2011)

십리꽃길은 무너지고

이 길에 서면 가슴이 저린다. 어머니는 아마 난생 처음 여기에 왔을 것이다. 십여 년 아버지 병구완 끝에 해방된 그 해 봄, 나는 아는 사람 몇이랑 어머니를 모시고 매화마을로 갔다. 그맘때 하동은 매화천지였다.

칠불암을 보지 못했다며 가고 싶어 하셨지만, 우리는 그냥 벚나무 길을 따라 구례로 갔다. 산수유를 보러 간 길, 꽃도 덜 핀 산수유를 보겠다고 그 먼 길을 가다니, 그때 그냥 칠불암으로 갈 걸, 그곳은 다음에 가자고 미뤘는데, 아니 귓등으로 들었는지도 모르겠다. 그 다음은 영영 오지 않고 말았다.

돌아오는 길에는 비가 내렸다. 88고속도로는 중앙분리대가 없는 위험한 길, 그래도 우리는 노래를 부르며 왔다. 산청휴게소부터 운전대를 나에게 맡긴 일행 중에 한 분은 부산까지 오면서 줄곧 노래를 불렀다. 조수석에 비스듬히 앉아서 뒷자리에 있는 어머니를 향해 마치 음성 공양을 하는 것 같았다.

오만가지 노래가 다 나왔다. 동요에서 민요로, 가곡에서 뽕짝으로 두 시간은 좋게 듣고만 계셨는데, 답으로 한 곡만 부르시라 해도 못한다며 입을 닫으셨다. 어디 가서 노래를 불러본 적도 없고, 집에만 있어서 아는 노래가 없다고 끝내 사양을 하셨다.

옛날에 흥얼거리던 '봄날은 간다'라는 노래를 불러 보시라 해도 가사가 생각나지 않는다고 했다. 그런데 돌아가시고 남긴 수첩에는 '운다고 옛사랑이 오리요마는 눈물로 달래보는 구슬픈 이 밤' 이라는 노랫말이 삐뚤삐뚤한 글씨로 적혀있었다. 아버지 가시고 낯선 아파트로 이사와 살면서 얼마나 외로웠으면 이런 노래를 부르셨을까.

매화 곁에 서서 이 봄을 몇 번이나 더 볼란 지, 하시더니 그 이듬 해봄 갑자기 세상을 뜨셨다. 사람의 한 생이 잠깐 순간에 멈춰지고 그렇게 흔적 없이 사라져버렸다. 칠불암은 끝내 가 볼 수 없는 곳이 되고 말았다.

그 뒤론 매화 보겠다고 나서지지가 않아 이쪽으로 아예 오지를 않았다. 그때 함께 했던 분들을 만나면 '그 한량들은 잘 있느냐'고 생전에 물으신 적이 있었다고 가끔 옛이야기처럼 할 뿐이다. 집안일보다 밖으로 도는 일을 좋아하는 나를 보고, '내 속에서 어째 저런 사람이 났을꼬' 라며 못마땅해 하시던 얘기까지 덧붙이며 그날을 추억하게 된다.

어머니 가신지 칠 년째, 지난 5월 평사리 문학관이 있는 하동 최참판댁에서 달빛 낭송회가 열린다고 해서 갔더니, 그 십리꽃길이 파헤쳐지고 있었다. 길을 넓힌다고 했다. 평소에는 차도 별로 다니지 않는 길을 왜 넓히는 것일까. 그 아름답던 벚나무도 한 쪽은 뽑혀나가게 생겼다. 길 양쪽으로 벚꽃이 피어 꽃 터널을 이루던 곳, 꽃 보러 오는 사람들로 붐벼서 길이 막혔는데 길만 넓어지면 뭐하느냐는 생각이 들었다.

언제쯤 되면 공무원들이 제대로 된 안목을 가지고 일을 바르게 할 수 있을까. 무슨 일이든 공사를 벌려놓으면 주머니에 떨어지는 것이 있어서 그 생각부터 한다는 말을 들었는데 정말 그럴까, 그래서 그 아름답던 꽃길이 허물어지는 것일까. 그러고 보니 거제도 포로수용소도 그랬다. 포로들이 갇혀 지내던 건물과 장소를 그대로 보존해야 역사의 현장을 생생하게 만나볼 수 있을 텐데, 거의 다 헐어버리고 기념관을 지어놓지 않았던가.

이곳에도 꽃철 한때에나 차가 밀린다고 한다. 그럴 때는 어차피 산천구경 나온 길, 강을 보러 일부러 올 수도 없으니 유장하게 흐르는 섬진강을 넉넉하게 바라보며 즐길 일이다. 그리고 우거진 솔 숲과 강변의 모래, 지리산 연봉을 지켜보는 여유를 가지게 하면 될 텐데 어쩌자고 길부터 손대는 것일까.

독일에는 옛날 로마로 가던 길이라는 로맨틱 가도가 있다. 길가로 우거진 숲과 그림엽서에서 보는 빨간 지붕들이 드문드문한 길, 우뚝한 중세의 고성들이 다가오는 그 길을 관광 상품으로 개발하기 위해 길에서 길을 이었다고 하지 않던가.

우리나라에서 아름다운 길로 손꼽히는 이 십리꽃길을 허무는 사람들을 그런 곳에 출장이라도 보내, 보고 배우게 하지는 못할 망정 멀쩡한 길을 왜 무너뜨리는가. 옛길을 이까워하는 이 고장사람들이 공사장의 길바닥에 드러누워 반대도 했다지만, 오히려 공무집행 방해로 벌금만

물었다지 않는가.

강을 따라 구불구불 이어진 길, 은은한 강줄기가 따라오는 길, 이 꽃길이 허물어져서 칠불암 들어가는 길목마저 알아볼 수 없게 변한다면, 한 편으로 내 가슴은 덜 아플지 모르겠다. 설사 그럴망정 사람은 가고 없더라도 길이라도 옛날 같아야지. 어머니 모시고 처음이자 마지막으로 다녀왔던 길, 그립고도 죄스러운 길, 그 길이 허물어지고 있었다. (2011)

이 좋은 세상에

지하철에서 옆자리에 앉은 할머니 한 분이 내 바지를 만지작거리며, "색깔 좋다" 하시길레 고개를 끄덕이며 웃었는데, 한숨을 쉬더니 혼잣말로, "틀면 나오고 틀면 나오고, 아까버서 어째 죽으꼬" 하시는 것이었다. "옛날에는 엄동설한에도 동이로 물을 이다 날랐지, 동네 우물에서 두레박으로 물을 퍼 올려서, 요새는 집안에서 꼭지만 틀면 물이 나오니. 이 좋은 세상에……" 하며 말꼬리를 흐렸다.

나는 연세를 묻고 아직 팔십도 되지 않았으니 오래 사시라고 했더니 그런 소리 말라면서, 갈치나 고등어는 물이 가도 사가는 사람이 있지마는, 사람 늙은 것은 아무짝에도 쓸모없다고 어느 스님이 그러더라고 했다. 그때 내 옆에 서 있던, 사십은 넘었음직한 젊은 부인이, 그런 말씀 마시라면서 살아오면서 얻은 지혜를 자녀들에게 들려주면 되지 않느냐고 말참견을 했다. "요새 애들이 늙은 사람 말을 들어요. 잔소리한다고 나 하지." 그 여인은 더 이상 말이 없고 나는 잠자코 있다가, 자식들에게 어머니는 고향이니까 오래 사셔야 된다고 했더니, "그렇긴 하지, 명절이면 부모 보러 오지 형제 보러 안 오지." 하며 긴 숨을 쉬셨다.

서면역에서 내리는 할머니 뒷모습을 바라보며 건강하게 오래 사시기를, 돈 아끼지 말고 몇 푼 안 주어도 살 수 있는 바지를, 색깔 좋다고 만져보지만 말고 사 입으시라고 속으로 당부했다. 그런데 이렇게 나눈 몇 마디가 며칠째 내 마음에서 맴돌고 있다.

부모님 돌아가시고 나니 명절이 되어도 갈 곳이 없다. 이제 내 아이들이 나를 찾아 올 뿐, 어버이 날 어머니의 위패가 모셔진 절에 들렀다 오는 길에 아이들을 데리고 이제는 남의 집이 된 옛 친정집에 간 적이 있다. 대문 안에 들어가지도 못하고 철문 사이로 들여다보다가 왔다. 다행히 현관문이 열려있었는데, 운동화가 두어 켤레 놓여있었다. 편찮으시던 아버지와 단둘이 사시던 어머니가 시장이라도 갔다 오노라면, 누가 와 있나 하고 눈 먼저 간다던 현관이다. 그렇듯 자식 기다리던 어머니가 가신 뒤에야 문 밖에 와 서성이는 나는 어떻게 된 자식일까.

뜰에는 예전처럼 목단이 흐드러지고, 한 쪽에 밭을 일구어 상치랑 쑥갓을 심어 이 자식 저 자식 나눠주던 자리에는 고추 모가 몇 포기 심어져있었다. 집안 행사라도 있는 날이면 육 남매가 모이고 조카들이 시끌벅적하던 뜰이다. 부모 계시지 않으니 형제 사이도 뜨악해진다. 아이들과 번갈아 문틈으로 들여다보다가 하릴없이 돌아섰다. 어쩌다 다녀가면 보이지 않을 때까지 서 계시던 어머니를 돌아보듯이 뒤돌아보면서.

생각해보면 그 할머니에게 오래 사시라고 말한 것은 내 마음의 나타남일 게다. 할머니 말대로 오래 산다한들 이미 현역에서 밀려난 뒷방늙은이로서 누구에게도 크게 반가운 존재가 아닌 마당에, 이 좋은 세상을 온전히 누리고 살 주체는 아닌 것이다. 어떻게 보면 구경꾼에 지나지 않는지 모른다. 자식 잘 사는 거 보기 좋지만, 당신에게는 활동사진 보는 거나 마찬가지라는 서글픔을 친정어머니도 내비친 적이 있다. 그럼에도 경로당에 나오시는 구십 노인이 '이 좋은 세상에 왜 죽고 싶을 거냐' 고 하더라는 말을 에둘러 하신 적도 있다. 그러던 친정어머니가 홀연히 가시고, 허리 굽은 노인이나 늙으신 할머니를 보면 예사로 봐지지가 않는다. 옆자리에 앉아 한숨처럼 토해내던 그 할머니의 몇 마디는 바로 내 어머니의 말이기도 하고 온갖 신산을 겪으며 살아낸 어머니 세대만이 할 수 있는 말이기 때문이다.

고생만 하다 가신 어머니가 생각나서 오래 사시라고, 이 좋은 세상, 편리해진 세상을 조금이라도 더 누리고 사시기를 바랐던 것 같다. 그 할머니도 오래 살고 싶어서 '우째 죽으꼬' 하신 게 아니라, 옛날에 비해 너무나 살기 좋아진 세상에 대한 부러움과 억울함을 그렇게 나타냈을 것이다. 젊은 세대들은 상상도 못할 만큼 고생스러웠던 날을 살아온 세대로서의 회한과 이미 늙어 소용없어진 존재로서의 서글픔까지 보태졌을 것이다.

어머니 세대가 살아온 세월은 어찌 그리도 고생스러웠는지. 어렸을 때 나도 어머니를 따라 뒷산에 가서 갈고리로 갈비도 긁었고, 봄이면 산나물을 뜯으러 산골짜을 헤메고 다녔나. 산나물로 죽을 끓여먹던 시절이다. 그 뿐이랴 콩나물죽도 먹었고 멀건 흰죽도 먹었다. 한창 크는 자식에게 죽 사발을 안기는 마음이 얼마나 쓰라렸을까.

엊그제 절에 갔다 오다가 산에서 산호자 잎을 따는 부인들을 보고 반가워했더니, "이 잎은 쪄서 말렸다 먹는다면서요?" 하고 반문을 했다. 모르긴 하지만 별다른 반찬꺼리가 없던 그때, 보관했다 먹느라 그랬지 처음부터 말렸을까. 쪄서 먹고 남으면 말리라고 잘 아는 듯이 가르쳐 주었다.

그렇듯 애 터지는 세월을 살아오신 어머니를 보내고 나니 고향이 없어져버렸다. 지나고 보니 어머니가 계시는 곳이 고향이지 달리 고향이 있는 것도 아니다. 우리 아이들도 우리가 가고 나면 또 그렇게 적막강산이 되다가 하는 수 없이 나이만 먹어갈 것이다. (2006)

예상 못한 일

새벽 두 시, 분만실 앞에 남편과 나는 앉아있었다. 안에서는 딸아이가 진통을 겪고 있고 사위는 오고 있는 중이었다. 우리는 예전처럼 보호자의 자격으로 와 있었다. 외국에 살던 딸이 아기를 낳으러 친정에 왔고, 사위는 비행기 안에서 마음을 태우고 있을 것이다.

머리가 허옇게 센 남편이 이 새벽에 우두커니 앉아있는 양을 건너다 보면서, 우리가 딸을 낳아 기르면서 이런 상황이 벌어질 걸 예상이나 했던가.

내가 아이를 낳을 때는 남편은 집에서 기다렸다. 그 시절에는 남자가 분만실 근처에 와 있을 일이 없었다. 요즘에는 가족분만실이 따로 있어 애기 아빠가 들어가 탯줄을 자르기도 한다. 사위 없이 혼자 진통을 겪는 딸을 보는 심정이 안쓰럽기도 하지만, 늙은 남편이 새삼스레 분만실 앞에 앉아있는 모습도 처량하기 그지없었다. 한 밤중에 차를 몰고 왔는데, 그 어둠 속으로 다시 돌아가느니 병실에서 눈이라도 붙이고 간다는 것이 내처 앉아있게 된 것이다.

잠이 짙은 나는 평소 이 시간에 깨어있는 일이 거의 없다. 요즘은 아홉시 뉴스를 끝까지 보지 못할 만큼 이른 시간에 잠자리에 들곤 한다. 그러니 밤을 새운 적도 없다. 오래 전에 시어머니 상을 당했을 때도 방 귀퉁이에 머리를 기댄 채 눈을 붙이곤 했다.

고요한 밤중에 눈을 말똥히 뜨고 앉았다가 간호사가 부르면 들어가 딸아이 손을 잡고 어쩔 줄 몰라 하며 산고를 함께 겪곤 했다. 참으로 고단한 밤이었다.

어떻게 좀 해 달라는 딸아이, 그러나 고통을 나누어 질 수 있는 일은 세상에 없다. 더구나 산고임에랴. 오직 자신만이 감당해야 할 몫이다. 딸아이는 사위가 오고 나서 아기를 낳고 싶은 눈치였지만, 이 세상에 생명이 오겠다는데 그걸 늦추고 당기고 할 재간은 없다. 오직 그 생명에게 맡겨 둘 뿐이다.

눈을 감고 앉아있는데, 다른 산모가 낳은 아기가 응아 응아하고 큰 소리로 우는 소리가 들렸다. 그 순간 내 가슴 속에 반가움의 여울이 번져왔다. 또 한 생명이 탄생하구나 싶어 말할 수 없는 기쁨의 감정이 몰려왔다. 평소에 다시는 태어나고 싶지 않다고 입버릇처럼 말했는데, 어찌 이리 이율배반적인 감정을 느끼는지 알 수가 없었다.

딸아이의 산고가 끝나는 소리와 동시에 애기 울음소리가 날 때는 나도 모르게 눈물까지 흘렀다. 기쁜 일이었다. 그냥 기뻤다.

다시는 이 세상에 오고 싶지 않다는 생각은 머릿속에 떠오른 것이고, 생명의 탄생으로 오는 기쁨은 자연 발생적인 것이었나 보다. 태어나는 것이 기쁨이라면 사는 것도 기쁨이어야하는 데, 나는 왜 사는 일이 고

달프게 느껴지는 것일까.

어느 해 덕유산에 갔다가 고사목에 눈이 쌓여 눈꽃으로 피어나는 걸 보면서, 또 어느 초겨울, 빗물에 젖은 나무가 얼어 얼음꽃으로 피어나는 걸 보면서, 고달픈 삶도 꽃이었구나 하고 느낀 적이 있었다.

현자들은 온다고 기뻐할 일도, 간다고 슬퍼할 일도 아니라지만 나 같은 범부에겐 어림없는 경지다. 새 생명의 태어남 앞에 기쁜 마음이 되는 나의 이 설명할 길 없는 심정은 무어란 말인가.

사위가 미처 도착을 하지 못해서 내가 아기를 받아 안고 나왔다. 밤새도록 지켜 앉았던 남편은 그때 마침 아침을 먹으러 가고 없었다. 그야말로 빨간 핏덩이를 안고 들여다보면서 이 생명이 어디서 왔는지, 아기를 생전 처음 보는 것 같았다.

첫 손자를 볼 때는 국내에 사는 딸이라 사위가 곁에 있으니 그렇듯 마음을 조이지는 않았던 가 보다. 그때는 보호자가 아니니 밖에서 기다리라고 해서, 탄생의 울음도 듣지 못하고 유리창 문을 통해 아기와 첫 상면을 했다. 이번에는 내 손으로 아기를 받아 안고 나오니 모쫄한 무게가 느껴지면서 새근새근 잠든 얼굴이 신기하기 이를 데 없었다.

이처럼 태어남이 기쁜 일이니 사는 일도 기쁘게 살아야지. 밤을 새우며 고달팠던 마음은 간 데 없고, 산다는 것의 의미를 처음 느낀 사람처럼 마음이 기쁨으로 차올랐다. (2010)

자꾸만 웃음이 나와서

올해 환갑이 된 여동생한테서 한 가지 걱정이 생겼다는 전화가 왔다. 순간, 나도 모르게 숨을 죽였다. 그러나 곧 큰소리로 웃고 말았다. 같은 직장에 근무하는 남자 직원으로부터 결혼식 주례를 부탁받았는데, 어찌하면 좋을지 모르겠다는 내용이었다. 그 자리에서 바로 거절하는 건 인사가 아닌 것 같아 사흘의 말미를 얻었지만 난감한 일이라 했다.

어린 사람도 아니고 나이 서른을 넘긴 총각이 나름대로 얼마나 숙고를 했을 것인가. 그런 부탁이라면 들어주라고 나는 주저없이 말했다. 학교 때 은사님도 계실 테고, 기관의 장도 아니며 더구나 여자인 동생을 택한 걸 보면 여느 사람과는 다른 열린 사고를 지녔다는 생각이 들었기 때문이다.

실제로 주례를 맡지는 않았지만 나도 그런 부탁을 받은 적이 있다. 십여 년 전, 근무하는 상담실에 실습 나온 여대생이 언니 결혼식의 주례를 맡아 달라는 부탁을 했다. 부모님의 허락도 있었다는 얘기까지 덧붙였다. 나는 예상하지도 못한 일에 당황하여 놀란 심정이 되었다. 그런 일이라면 나보다 상담실의 실장님께 부탁을 하는 게 훨씬 나을 것 같다고 권했으나 굳이 나를 지목했다. 당시 실장님은 사회적인 경륜으로 보나 덕망으로 보나 나하고는 비교가 되지 않았다. 훗날 우리 딸이 결혼할 때 주례를 맡아 주신 분이며 주례사가 모처럼 들을만했다는 후일담을 들을 만큼 맞춤인 분이셨다.

어떻든 나는 갑작스런 주례 부탁을 받고 놀랐지만 진정한 뒤, 그 일은 먼저 신랑 측에 동의를 얻고 양가에서 합의가 된다면 해주마고 했다. 그리고 일반적으로 주례는 신랑 측에서 섭외하는 경향이 있다는 것과 여자가 주례를 맡는다는 데 대한 거부감을 예상해야 된다고 일렀다. 나의 승낙부터 받고 그 쪽에 말을 할 참이라는 얘기를 해서, 혹시 그 쪽에서 반대를 하더라도 나에게 미안해하지 말 것을 당부했다. 나부터도 놀라운 부탁인데 누군들 생소하고 당황하지 않겠는가. 더욱이 그런 혼사에 관한 일이라면 보통사람은 남과 다른 방식으로 할 엄두가 나지 않는 법이다.

예상했던 대로 그 일은 유야무야로 끝나버렸고, 그 여대생도 실습을 마치고 상담실에 더 오지 않게 되었다. 젊은 사람이 갖는 때 묻지 않는 순수함과 고정관념에 매이지 않는 그 젊음이 부러웠던 기억이 난다. 동생의 주례 걱정을 듣고 지난 일을 이야기해 주면서 새삼 그때의 놀랐던 마음이 되살아났다.

마침내 동생은 그 부탁을 들어주기로 했으며, 두 가지 단서를 달았다는데, 결혼식 당일까지 직원들에게는 얘기하지 말 것과 인사를 따로 오지 말라는 부탁을 했다 한다. 동생으로서는 비슷한 나이의 동료가 마음에 걸렸을 테고, 주례를 맡는다는 사실만으로도 영광이니 굳이 인사를 차리지 말라는 의중을 그렇게 내비친 모양이다.

응낙은 했지만 어떻게 진행할 지 고민이라기에, 다른 사람 결혼식에 가서 유심히 보고 메모도 하고 자신의 결혼생활에서 느낀 점을 보태면 되지 않겠느냐고 조언을 했다. 그러나 그 일만 생각하면 자꾸 웃음이 나와서 나도 모르게 하하 웃곤 했다.

그런데 오래지 않아 동생의 숙제가 우리 집으로 왔다. 간혹 주례를 맡았던 남편한테 초안을 잡아달라는 부탁이 왔고, "처제가 주례를 다 서느냐" 는 놀람과 웃음이 터져 한동안 웃음꽃이 피었다. 그 뒤로도 간혹 남편이 혼자 큰소리로 웃어서 왜 그러느냐고 물으면, 처제가 주례를 선다 말이지 하며 허허 웃어댔다. 그 뿐인가, 그 생각만 하면 나도 웃음이 나와서 우리 집에 한동안 웃음이 넘쳤다.

바지 입은 모습을 본 적이 없을 만큼 얌전하고 여성스런 동생, 그 동생이 '주례' 하고는 어울리지 않는다는 생각이, 아니 동생을 아직도 어리게만 보는 마음이 부지불식간에 자리 잡고 있는 탓도 있었을 것이다. 남편도 그 부탁을 듣고 처제가 몇 살이냐고 새삼스레 물었던 걸 보면, 동생을 젊게만 여겼던 모양이다. 환갑이 되었다는 말에 웃음소리가 잦아진 걸 보면 다분히 나이를 의식한 면이 있는 모양이다.

그렇지만 그 생각만 하면 시도 때도 없이 웃음이 나오는 게 단지 나이 때문이었을까. 여자가 결혼식의 주례를 본다는 게 생뚱맞은 일이라고 여기는 관념 때문이 아닌가. 그 일로 하여 웃음이 나오고, 웃다가 생각하면 웃고 있는 나 자신이 이상하고 그러면서 곰곰이 여러 가지를 다시 살펴보게 되었다.

모교에서 교장을 지낸 선배 한 분이 주례를 본다는 얘기를 들었으며, 학원을 운영하는 여성 문인도 그곳에 근무하는 선생의 주례를 봤다는 얘기를 들었다. 그때는 아무렇지 않다가 여동생이 주례를 맡는다는 사실만 생각하면 웃음이 번지는 이유는 무엇일까. 먼 나라 일처럼 남의 얘기로만 듣다가 내 곁에 있는 사람이라는 현실성이 실감나서 그럴까. 아니 남동생이 그런 부탁을 받았다 해도 그렇듯 웃음이 나올까.

생각해 보면 동생이 여자라는 사실 때문에 웃고 있음이 틀림없다. 나 역시 여자로서 그런 부탁을 받은 적이 있지 않는가. 그럼에도 불구하고 생경스러워 웃고 있는 나는 주례란 남자가 맡는다는 고정관념에 사로잡혀 있는 게 분명하다. 만약 내 자식이 여자한테 주례를 부탁한다면 어떤 기분이 될까. 하필 여자냐고 되묻지 않을까.

아이들이 엄마는 구식이라고 하더니, 나의 이 고루한 틀을 애들이 먼저 알고 있었던 모양이다. 나는 왜 의심도 해 보지 않고 그런 사실을 당연하게 받아들이고 있었을까. 세상일을 이렇듯 맹목적으로 받아들이며 습관적으로 살아온 건 아닐까. 걸림없는, 열린 사고를 가지려고 무던히 애쓰며 산 것 같은데, 어쩔 수 없이 낡은 세대임을 자인하지 않을 수 없다.

이번 일을 계기로 세상의 변화는 젊은 사람들로부터 오리라는 확신을 갖게 됐다. 평소에 좋아하고 존경하는 사람이면 남자든 여자든 상관없이 그 사람에게 축복을 받겠다는 그 스스럼없음은 얼마나 신선한가. 이런 사고는 젊기 때문에 가능한 일이 아닌가. 여동생 일만 생각하면 나도 모르게 웃게 되는 나는 구세대, 앞으로 자식들 일이나 남의 일에 나서지 말고 조용히 뒤로 물러서서 구경이나 하며 지내야겠다. (2012)

쌀

우리 집 쓰레기통에 밥이 버려질 줄은 몰랐다. 저녁에 마저 먹으려고 점심 때 남겨둔 밥 한 숟가락이 쓰레기통에 들어 있었다.

버려진 밥을 보고 놀라서 묻는 나에게 딸은 아무렇지 않게 제가 그랬노라고 했다. 내가 키운 딸인지 의심이 갈만큼 태연한 태도였다. 밥을 버리다니 로 시작된 내 말에, 농부들의 노고에 감사하고 밥을 소중하게 생각하지만, 침 묻은 밥 쪼금을 어디다 붙여두겠느냐 고 했다. 내 마음속에서 놀람이랄까 실망이랄까 설명할 수 없는 감정이 솟았다. 아직도 아프리카 같은 곳에서는 굶어 죽는 사람이 있지 않는가. 그래도 딸은 굽힐 기색이 없다.

아무리 풍요롭다는 미국에서 십 년을 넘게 살아 온 딸이지만 사는 근본은 마찬가지다. 나는 아이들을 키울 때 어떻게 일러 왔던가를 되돌아보았다. 공부만 하라고 하지는 않았다. 고등학교를 졸업하자 서울에 있는 대학에 진학하고, 그 길로 집에서 살 기회가 없었던 딸이다. 일찍이 다른 나라에 가서 살았으니 그럴 만도 할까. 그래도 그렇지, 저도 자식 키우는 처지다. 아무개 어머니는 밥이 쉬어지면 씻어서 먹으면 먹었지 밥을 버리지는 않는단다. 그래도 수그러들 줄 모르는 딸에게 나는 실망했다. 다른 사람의 침이 묻었든 말든 위생적인 걸 생각할 겨를이 없도록 척박하게 살아 온 세대여서 그럴까 마음은 섭섭해지기까지 했다.

농부의 발길이 여든 여덟 번을 간다는 뜻으로 쌀을 한자로 미米로 쓰며, 밥을 버리면 죄 받는다고 배워 온 나로서는 용납이 되지 않는 일이었다.

며칠 뒤에는 더 놀라운 일도 있었다. 아파트 음식물 쓰레기통에 쌀이 버려져 있었던 것이다. 흰 쌀과 현미가 섞여있었고 쌀벌레가 기어 다니고 있었다. 버린 지 오래되지 않은 듯, 쓰레기통이 온통 쌀로 덮여 있었다. 나는 잠시 망설였다. 이걸 걷어가서 떡이라도 만들어 나누어 먹을까. 그러다가 생각을 바꾸어 집으로 와서 '누가 쌀을 버립니까' 라는 쪽지를 썼다. 쓰레기통에 붙여놓을 참이었다. 그러나 실행에 옮기지 못하고 말았다. 내 딸도 밥을 버리는 터에 누구를 나무랄 것인가.

해마다 가을이면 새로 맞은 사돈댁에서 쌀을 보내온다. 공직에서 물러나 고향에 돌아가 농사를 짓는 분이다. 외출했다 돌아오니 현관 가득 쌀자루가 있어서 눈이 휘둥그레졌다. 마음이 기쁨으로 차 오르기 시작하고 고마움은 그 다음에 왔다. 쌀은 양식이지 않는가. 다른 건 없으면 없는 대로 살아도 양식 없이는 살지 못하는 것, 그것도 농약을 뿌리지 않고 손수 지었다니 얼마나 귀한 선물인지.

이 세상에 논 한 배미 없는 나는 막내사위를 보고나서 논이 예사롭게 보이지 않는다. 어쩌다 기차를 타고 가다 모내기 끝난 들판을 보면 사돈댁 논에도 저렇게 모가 푸르겠지, 내 마음은 가 본 적도 없는 그곳으로 가 있곤 한다. 그러고는 논에 나와 있는 사람들이 사돈이나 되는 양 반갑다.

해마다 벼를 키우고 또 키우는 땅, 곡식이 자라는 땅을 가지고 있다는 건 얼마나 든든한 일일까. 예사로 '그깟 시골 땅 몇 푼이나 된다고' 하는 주변의 말을 들을 때면 어이가 없다. 어찌 세상 일을 돈으로만 환산을 하려고 하는지.

오래 전에 꼭 한 번 누구한테 쌀을 얻어 온 적이 있다. 잘 아는 후배가 지금 바로 와야 한다고 전화로 재촉을 해서, 몸살 난 몸을 끌고 갔더니 밭에서 갓 뽑은 솎음 무와 쌀을 준 적이 있다. 다른 사람한테 맡겨서 지은 농사지만 논바닥에서 말린 쌀이라며 몇 바가지 퍼 주었다. 닷 되는 좋이 되지 싶다. 내가 받은 선물 중에 그때 받은 것처럼 귀한 선물이 없다. 좋은 게 있으면 누구한테 주고 싶은 성정을 어쩌지 못하고 나누어 먹었다.

쌀은 그 자리에서 단박에 만들어지는 물건이 아니고, 봄부터 가을까지 햇빛과 물과 바람 속에 자라면서 천지의 기운과 사람의 정성이 합해서 영글어진 생물이다. 그렇게 해서 얻은 곡식은 그야말로 사람을 살리는 양식이 된다. 병든 사람이 곡기를 끊으면 얼마 가지 못한다고 하지 않는가. 남편이 젊었을 때 간혹 고주망태가 되도록 술을 마시고 와서 토할 적에도, 약이나 물은 들어가는 대로 올라왔지만 쌀을 갈아 만든 뜨물은 속을 가라앉히는지 편해 보였다.

이 귀한 쌀을 사돈댁에서 가마니로 보냈으니 얼마나 고마운지, 집에 오는 사람이 있으면 조금씩 퍼주고 다른 집에 갈 일이 있으면 귀한 선물인 양 담아서 가져간다. 뭇 생명을 살리는 땅에서 거둔 쌀은 사람을 살리는 곡식이자 생명줄이다. (2010)

동래 온천장에서

날이 다르게 변하는 세상에 옛 모습 그대로 남아있는 목욕탕이 있었다. 그것도 대형 목욕탕이 즐비한 동래 온천장이다. 어린 시절 이곳으로 목욕을 다녔던 나는 옛 임이나 만난 듯 반가운 마음이 되었다.

허리를 삐끗해서 한의원에서 침을 맞고 목욕하러 가던 길에 만난 후배가 일러 준 곳이다. "언니, 저 굴뚝 좀 봐요 보일러 땐다는 증거지, 진짜 온천물로만 하는 목욕탕이 있어요." 하며 작은 소리로 가르쳐준 곳이다.

여남은 사람이 들어가면 꽉 찰 것 같은 온탕에다 혼자 누워도 비좁은 냉탕, 처음 들어갈 때는 약간 퀴퀴한 냄새가 나는 듯 했지만 영락없는 그 시절 대중탕이다.

그 좁고 낡은 목욕탕에 들어서자 함께 목욕을 왔던 어머니, 친구들 그리고 그때의 광경이 한달음에 다가왔다. 우리를 따라와 목욕탕 앞에 엎드려 있다가 목욕을 하고 나서면 앞서 가던 누렁이까지, 그리고 수건으로 얼굴을 문지르는 나를 보고 곁에 앉았던 기생이 고운 피부 상한다고 말리던 생각도 났다.

그 목욕탕에 재미를 붙였다. 점심 때쯤 가는 탓도 있지만, 언제 가도 다섯 명 이쪽저쪽이다. 대부분 옛날부터 계속해서 오던 사람들이라 노인이 많다고 했다. 무엇보다 조용해서 좋았다.

요즘 목욕탕에는 커피나 음료수를 담은 보온병을 가져다 놓고, 아예 놀이터나 되는 것처럼 죽치고 있는 사람들이 많아서 시끄럽기 말할 수가 없다. 옛날 우물가 풍경을 오롯이 옮겨다 놓은 것처럼 모여서 떠들고 웃는다. 나처럼 쉬러가는 사람에겐 여간 곤혹스런 일이 아니다.

남의 통화 내용을 어쩔 수 없이 듣게 되는 지하철에서처럼 그들이 하는 얘기를 꼼짝없이 듣고 있어야하는 곤욕을 치르게 된다. 사는 일도 골치 아픈데 그런 이야기를 목욕탕까지 가지고 와서 떠드는 사람들은 그것이 해소책인지 모르지만, 잠시라도 떠나고 싶은 나 같은 사람에겐 여간 고역이 아니다.

그래서 온천장의 그 작은 목욕탕이 내겐 천국처럼 느껴진다. 왁자하게 떠드는 사람도 없고, 자기 볼 일만 보고 가는 양이 마음에 들어서 사흘이 멀다 하고 목욕을 간다.

그런데 하루는 어찌된 영문인지 사람이 아무도 없었다. 독탕이었다. 이게 웬 횡잰가 싶으니 나도 모르게 노래가 나왔다. 점점 소리가 높아져 나중에는 목청껏 노래를 불러 제켰다. 목욕탕은 울림이 좋아서 노래하는 맛이 났다. 음향시설이 잘 된 연주장 같았다. 그 동안 허리가 아파 노래는커녕 짜증만 났었는데 오래간만에 속 시원히 놀았다. 빈 목욕탕이 울리도록 '옛날은 가고 없어도'를 부르고 또 불렀다.

나올 때쯤 두어 명이 들어왔다. 밖에 나오니 때밀이 아줌마가 교회 다니느냐고 물었다. 절에 다닌다고 했더니 합창단이냐고 묻는다. 꼬치꼬치 물을까봐 적당히 대답을 했다. 얼굴을 익히고 이야기를 주고 받다보면 이 조용한 곳이 또 시끄러워질까봐 미리 겁이 났다. 모처럼 찾아낸 놀이터를 잃을 수도 있으니 내가 삼갈 일이다.

그런데 어느 날 목욕을 하고 시장 앞을 지나오다가 문득 오래 전 일이 되살아났다. 그때 우리 집은 온천장 언저리에 살고 있었는데, 온천시장을 봐다 먹었다. 병든 어머니를 대신해서 외상 쌀 꾸러 다니던 생각이 난 것이다. 아마도 전에 먹던 쌀값 주고 다시 외상 쌀을 가져오고 그랬던 것 같다. 내가 취직이 되어 집을 떠나고 우리 집도 동래 쪽으로 이사를 했는데, 그때 외상값을 다 못 갚았다는 어머니 말씀이 떠오른 것이다. 그 새 온천장에 올 일이 없었던 것도 아닌데 어쩌자고 몇 십 년이 지나 이제야 그 생각이 난 것일까. 나는 시장으로 들어갔다. 그 쌀집이 아직까지 있을지도 모른다는 생각, 그러나 시장은 새로 지어서 딴판이 되어있었다. 어디가 어딘지 분간이 되지 않았다. 이리 기웃 저리 기웃 쌀집들을 기웃거리다가 시부적시부적 되돌아 나올 수밖에 없었다.

외상값을 갚을 길이 없어졌다. 어머니도 돌아가시고 옛날 일이 되었다. 어디다 이 쌀값을 갚는다? 생전에 쏟아놓은 말빚을 다음 생으로 가져가기 싫다며 잘 나가는 책을 절판하라는 스님도 있는데 이 빚을 어떻게 하나, 나는 생각에 잠겨 천천히 온천장을 돌아 나왔다. (2010)

처음 쓰는 편지

딸이 결혼을 하게 되어 예단을 보내면서 사돈지를 손수 썼다. 그러나 예단이불은 택배로 부쳤다. 한편은 예법에 맞추고 한편은 편의를 택한 것이 보내고 생각해도 우스운 일이 되었다.

사돈지는 끙끙대며 썼지만 예단이불은 보낼 방법이 없었다. 추석을 며칠 앞둔 대목인데다 주말도 아니어서, 집안의 누구에게 가 주기를 부탁하기도 어려웠다. 게다가 다른 지방까지 가야하니 어쩔 수가 없었다. 결정을 내리지 못해 우물쭈물하는 나를 보고 이불 집에서는, 요즘 다들 그렇게 하니 흉이 아니라고 했다. 하기야 결혼할 당사자가 예단을 가지고 가는 마당이다.

예법이라는 것도 시대를 따라 변하기 마련인가 보다. 그러면서도 변하지 않는 게 있는가 하면, 시대를 따라 더 견고해지는 것도 있다. 무엇보다 여자가 남자 집으로 시집을 가는 것은 변함이 없다. 생전에 본 적도 없는 사람들을 어머니 아버지라 부르며 평생을 받들고 살아야한다는 사실에, 여자로 태어난 걸 속상해했던 내 심정이 되살아났다.

여자가 남자 집으로 시집을 가는 한, 사성四星이 오고 예단이 가고 봉채가 오는 것 또한 변함이 없게 마련이다. 한지에다가 한문으로 붓글씨를 써서 보내는 사성의 풍속은 나 같은 사람을 기 죽인다. 붓글씨 잘 쓰는 사람한테 부탁을 해야 되니, 옛날에 까막눈인 상놈이 글줄이나 하는 양반한테 글을 받아오는 형국이다. 함께 보내는 혼서지 또한 남의 손을 빌린다. 한글로 사성을 쓰는 날이 올까. 생긴 품새로 봐서는 그런 날이 올 것 같지가 않다.

변한 것이 있다면 예단이 돈으로 가는 정도라 할까. 어차피 예단이라는 것이 시댁에 가는 선물이고 보면, 받는 사람의 마음에 들어야하니 그것은 자연스런 변화인지 모른다. 그러나 옛날에는 버선짝이면 족하던 선물이 더러는 아파트가 되고 자동차가 되면서 사단이 생겨나고 있다. 청첩장을 보내고도 무산되는 결혼이 많은 요즘은 예단이 그 원인이라는 얘기가 있을 정도로 예는커녕 장삿속이 되어간다.

어떻거나 예단은 형편에 맞출 수밖에 없는 일이다. 그렇지만, 예단을 보낼 때 함께 보내는 사돈지는 내 손으로 쓸 수 있다는 생각이 들었다. 사돈지라는 것이 안사돈한테 가는 내간內間이어서 옛날에도 언문으로 썼다 하니, 명색이 문단에 발을 딛고 있으면서 남한테 부탁할 일이 아니었다.

그러나 생각과 달리 엄두가 나지 않아 끙끙대고 있으려니, 친구가 시집올 때 친정고모가 썼다는 사돈지를 농 밑에서 꺼내와 보여주었다. 한지에 한글을 붓글씨로 흘려 썼는데, 읽을 수 있는 글자가 서너 자 밖에 없었다. 게다가 여백이 없도록 빽빽하게 윗쪽에는 종이를 세로로 해서 쓰고, 가운데는 종이를 눕혀서 쓰고 그 밑에는 또 세로로 썼는데, 그야말로 민속자료였다. 박물관에 보내야할 물건이었다.

누가 인터넷에 들어가 보라고 귀띔을 했다. 예문이 몇 개 있어 어떻게 쓰는 건지 약간의 감이 왔다. 결국 시집가는 딸을 잘 봐 달라는 내용이었다.

나는 한지를 사 오고 붓펜을 사 와서, 거실에 상을 펴 놓고 편지를 쓰기 시작했다. 누구는 하루 종일 주물렀다고 했지만 나는 이틀이 걸렸다. 어차피 붓글씨는 못 쓰는 마당이니 내 솜씨대로 써내려갔다. 쓰다가 컴퓨터로 옮겨와 문장을 다듬고, 그러고는 붓펜으로 쓰면서 몇 장을 버렸다. 줄이 쳐져있는 종이가 아니다보니 글씨가 나란히 써지지 않고 위로 올라갔다 내려갔다 삐뚤삐뚤, 쓰기가 어려웠다. 게다가 예단이불을 택배로 보낸 결례를 사돈지로 만회하려는 내 의중이 무심을 건드려서 글쓰기가 더 힘들었다.

간신히 완성된 것을 남편한테 보여주었다. 평소에 수필을 쓰다가 봐 달라고 하면 "이걸 글이라고, 그림으로 치면 스케치 밖에 안 되네." 이러면서 퉁을 주던 남편이다. 그런데 이 글은 읽고 나더니, "잘 썼네" 라고 큰소리로 말해서 깜짝 놀랐다. 꾸중만 듣던 아이가 부모에게 칭찬을 들었을 때처럼 얼떨떨했다.

친구에게도 전화로 읽어주었더니, '사부인에게'라는 서두가 좀 어색하다고 지적을 했다. 어렸을 때, 어른들이 '안사돈' 이라고 하는 말은 들어도 사부인이라고 하지는 않았다는 것이다. 그러면서 잘 썼으니 인터넷에라도 띄워라 는 칭찬을 해 주었다. 아마도 안사돈은 우리말 표현이고 사부인은 한자어 호칭인 것 같았다. 사전에도 사부인은 사돈댁의 존칭이라고 돼있는 걸 보면 쓰지 않는 용어는 아닌 듯 했지만, 나는 우리말 표현을 따르기로 했다.

칭찬을 받고 기분이 좋아진 나는 기록으로 남기고 싶어졌다. 훗날, 나는 떠나고 없더라도 딸아이가 저희 시어머니에게 보낸 엄마의 사돈지를 읽으면서 저를 시집보내는 엄마의 절절함을 느끼고, 더 나아가 제 딸을 시집보낼 때 참고가 된다면 그 또한 기쁜 일일 것 같았다.

안사돈에게 드립니다.

무더웠던 여름이 가고 아침저녁으로 선선한 바람이 붑니다.

그동안 안녕하신지요?

지난 번 상견례 때 온화하고 인자한 두 분 뵙고 퍽 반가웠습니다.

자식을 나누어 가지는 지중한 인연에 감사하며, 인심 좋고 금슬 좋은 집안에 딸을 보내게 되어 얼마나 든든한지 모르겠습니다.

그리고 누대에 걸쳐 한 곳에 터 잡아 살아오셨다니 더욱 반갑고, 그렇듯 뿌리 깊고 자상한 가문에서 자란 형규 군을 사위로 맞이하게 되어 기쁜 마음 그지없습니다.

아직 어리고 부족한 혜정이 이쁘게 받아주시고, 영민하고 믿음직한 형규 군과 함께 할 수 있도록 해주심에 감사드립니다.

미거한 딸아이가 사돈댁 어른들 본받아 넉넉하게 베풀고 사는 사람으로 거듭 나기를 바라는 마음 간절합니다.

그리하여 큰 그릇의 자식을 키울 수 있는 바탕이 된다면 더 바랄 것이 없겠습니다.

시대가 변했다고는 하지만, 딸자식을 여의는 어미마음은 염려스럽고 애틋합니다.

아무쪼록 허물은 덮어주시고 어여삐 여겨주시기를 바랍니다.

그리고 약소하지만 준비한 예단을 보냅니다.

예를 갖추지 못한 점 죄송하게 생각하오며, 일가친척에게 드리는 인사로는 부족합니다만 정성으로 받아주시면 고맙겠습니다.

환절기 몸조심하시고 안녕히 계십시오.

혜정이 엄마 드림 (2008. 9. 12)

내가 만난 불교

한때 부산불교신문에서 일을 한 적이 있다. 거의 이십여 년 전 일이다. 그때나 지금이나 시민운동에 열심이신 정각스님이 운영했는데, 격주간으로 발행되던 신문이다.

내가 맡았던 일 중의 하나가 '불자탐방' 이라는 난이였는데, 불자를 찾아가서 신행 담을 듣고 원고지 열댓 장 정도를 쓰는 일이였다. 그때 나는 기껏 초파일에나 절에 가는 무늬만 불자였는데, 글줄이나 쓴다고 그 일을 맡았던 것 같다. 지금 생각하니 무모하기도 하고 부끄럽기도 하다.

지나고 보니 나에게 펼쳐지는 인생 곡선은 언제나 일이 먼저 주어지고 일에 따른 공부는 뒤에 하는 형태였던 것 같다. 불교신문에 몸을 담고 나서 불교를 알게 된 것도 그 중에 하나다. 그렇게 펼쳐지도록 전생부터 예정이 돼있었는지 모를 일이다.

아무려나 그때 만났던 사람들은 나름대로 오랜 신행생활이 세상에 알려져 있는 분들이었으니, 나 같은 문외한이 찾아가서 어떤 질문을 하고 어떻게 알아들었을지 지금 생각해도 얼굴이 붉어진다. 아마도 국을 먹을 때 국물은 두고 건더기만 먹는 어리석음을 범하지 않았을까. 그 건더기로 원고지를 채웠을 테니, 오랫동안 진국을 끓여 온 분들의 진심을 제대로 전하지 못한 걸 생각하면 임무에도 충실하지 못했다는 생각이 든다.

그러나 그 뒤 곧바로 청소년상담실에 취직을 하게 되었는데, 그때의 경험이 얼마나 도움이 되었는지 모른다. 무언가를 배울 때 사람을 통해서 배우는 것 보다 빠른 방법이 없다. 부처님은 나를 상담원으로 쓰기 위해서 그런 방편을 강구하셨구나 하는 생각이 뒤에야 들었다. 빠른 시간 안에 부처님의 법을 가르쳐서 마음 아픈 이들의 영혼을 쓰다듬어줄 수 있는 길을 찾아, 내 손을 이끌어주셨다는 생각이 든다. 상담이란 이론만으로 되는 것도 아니고 경험만으로 되는 것도 아니다. 인간에 대한 이해를 바탕으로 한, 자비의 마음이 내면화되어 있어야 하는데, 그것을 내게 전해주려 한 부처님의 방편이 그렇게 전개되었던 것 같다.

그 뒤로 나는 작은 세상일도 내 뜻대로 된다는 생각을 하지 않게 되었다. 큰 손이 있어 그의 뜻대로 되려니 짐작을 한다. 좋은 일이든 궂은 일이든 의미 없이 오는 일이 없음을 알았기 때문이다.

그때 탐방한 사람을 짚어보니 꼭 오십 명이었는데, 그것도 내로라하는 분들이었으니 교사도 그만한 교사가 없었다. 모르는 말도 여러 번 들으면 귀가 뚫리고, 뜻을 모르는 글도 백번을 읽으면 알게 되듯이 어설픈 내 마음에도 조금씩 그림이 그려지기 시작했다.

불자탐방을 가서 면담을 한 사람 중에 감동적인 사람이 더러 있었다. 그것도 내 수준에서의 감동이니 마음공부의 차원이 아니라 지극히 평면적이고 일상적인 부분에서의 일이다.

아들이 대학 입학시험을 치르는 그 시간 동안 계속해서 절을 했다는 아버지가 있었다. 통도사에 미리 도착해서 시험을 시작하는 시간에 절을 시작해 마칠 때까지, 온종일 절을 했다는 그 아버지의 이야기를 들으며 놀라고 한 편으로 존경스러웠다. 아들은 학교에서 시험을 치고 아버지는 법당에서 절을 하면 그 아들이 알았든 몰랐든 이심전심으로 얼마나 든든한 기운을 받았겠는가.

그 뒤 나도 아이를 시험장에 넣어두고 근처 절에 가서 절을 해 본 적은 있지만 그렇게 온종일 하지는 못했다. 어찌 신심만으로 되는 일이며 어찌 정성만으로 되는 일이겠는가. 그러한 부모의 마음, 그것도 어머니가 아닌 아버지의 마음을 나는 놀라움으로 기술했던 기억이 난다.

그리고 또 한 사람은 금강경을 사경하는 분이었다. 그때 나는 금강경이라는 불경이 있다는 정도만 알았다. 그런데 나와 같은 나이의 그녀는 한글로 된 금강경을 붓글씨로 사경하여 책으로 엮어 교도소에 배포하고 있었다. 동년배라는 사실에 더 놀라고 부끄러웠다.

사람과의 인연도 불법의 인연도 사람마다 다르겠지만, 그렇듯 늦게야 불법을 만났던 나는 요즈음 아침에 일어나면 금강경을 일독하고 하루를 시작한다. 그리고 범어사에서 산길을 삼십여 분 올라야 도착하는 원효암에 가서 법문을 듣곤 한다. 그곳에는 하루에 한 끼만 드시는 선승이신 지유스님이 계신다. 삼십여 년이 가깝도록 잠자리에 눕지 않고 지낸다는 스님이다. 듣고 또 들어도 깨침과는 아직 거리가 멀지만 그래도 자꾸 듣다보면 귀라도 열릴까 하고 산길을 오른다.

언제 들어도 재밌는 법문 가운데 하나가 있다. 거울에 자신의 얼굴을 비춰보곤 하던 사람이 어쩌다 거울의 뒷면을 보고 자신의 얼굴이 없다고 찾으러 다니다가, 기둥에 머리를 부딪치고야 '아, 여기 있구나' 하고 알아차렸다는 내용이다. 내 안에 있다는 본성을 찾으러 여기 기웃, 저기 기웃하는 나를 보는 듯 웃음을 금치 못한다.

그리고 덤으로 얻는 즐거움이 있으니 그곳에는 시간이 멈춘 듯 퇴락하고 고색이 창연한 절집이 있다. 오래 된 마루는 삐걱거리고 이끼 낀 일주문 지붕에는 세월의 더께가 쌓여 있다. 바람소리 새소리만 들리는 고즈넉함이 좋아서 간혹 마루 끝에 앉아 곧 쓰러질듯 한 일주문을 오래 바라보곤 한다.

불교신문으로부터 시작해서 원효암까지 오는데 적지 않은 시간이 걸렸다. 사람 몸 받기 어렵고 불법 만나기 어렵다는데, 문득 마음이 바빠짐을 느낀다. (2008)

5 아름다운 화해

모정母情의 깊이

〈밀양〉이라는 영화가 제작되고 있다는 걸 알고 개봉 되면 가 보리라 벼르고 있었다. 아는 사람이 그 영화에 단역으로 출연한다는 얘기를 듣던 날, 그 자리에 있던 우리는 와- 하며 함성을 질렀다. 평소 그런 일에 관심이 있다는 눈치를 채지 못했기에 더욱 그랬다.

큰아들이 영화 쪽에 관심이 많아 대학을 중도에 그만두고 방황 한다더니 군에서 제대를 하고도 마음을 잡지 못해, 방을 얻어 아예 서울로 보내버렸다는 말을 들은 적이 있다. 자식 키우는 부모로서 함께 걱정을 했는데 아들이 아니라 그 어머니가 영화에 출연했다는 사실이 의외였다.

그 영화가 칸 영화제에서 수상을 했다는 소식이 전해지자 나는 진화로 축하인사를 했다. 꼭 그 이가 상을 받은 것처럼 반갑고 기분이 좋았다.

영화를 보면서도 그가 어디쯤에 나오는지 찾느라 마음이 분주했다. 장면 장면을 샅샅이 살피는 기분이었다. 드디어 비슷한 모습이 보이자, 나도 모르게 "어, 저기" 하며 소리를 내서 옆에 앉은 딸에게 핀잔을 들었다. 그가 다섯 장면을 찍었다는데 그가 나올 때마다 "저기 저기, 무슨 색 옷 입은 사람" 하며 설명을 해 대서 옆구리를 찔리곤 했다. 영화 속에서 아는 사람을 만나는 것은 드문 경험이었다. 그래서 그런지 영화가 더 친근하고 보는 재미가 남달랐다.

촬영을 끝내고 쫑파티를 할 때, 감독과 주연 배우에게 사인을 부탁했더니 같이 출연한 사람끼리 무슨 사인이냐고 했다는데, 그래도 부득부득 졸라서 받아내고는 그 밑에 아들 이름을 써달라고 했다 한다. 그 사람들이 아들 이름을 기억할 수 있게, 그래서 그쪽 길을 가려는 아들에게 조금이라도 도움이 되었으면 하는 마음이었다고 한다.

그가 영화 속에서 어떤 모습을 하고 있는지 호기심을 가졌는데 막상 출연하게 된 동기를 듣고 나니 그 모정이 아픔으로 다가왔다. 평범한 주부가 오디션을 보기 위해 대사를 외우고 연기를 하며, 부산에서 밀양까지 몇 차례나 오르내리는 것도 마다하지 않고 감내하는 모정의 깊이는 얼마나 되는 것일까. 나는 이 얘기를 듣다가 문득 한 아이가 생각났다.

내가 상담했던 청소년 중에 권경택 감독의 영화 〈친구〉에 출연했던 아이가 있었다. 주연 배우의 어린 시절 친구로 나온 아이였는데, 그 일 이후로 아무런 의욕도 없고 혼란스러워 일상생활이 되지 않는다고 보육원의 담당자가 데리고 왔다.

자기를 소개할 때 〈친구〉에 출연했다는 말을 먼저 한 걸 보면, 그 사실로 인해 갈등을 겪고 있었던 것이다. 갑자기 유명해져서 같은 시설의 아이들이 선망의 눈으로 대했다는데, 그 우쭐한 기분과는 달리 자신의 처지는 조금도 변하지 않고, 그 특별한 경험은 살아가는데 아무런 도움도 되지 않은 채, 옛날과 다름없이 살아간다는 무력감에 자신의 정체감이 오히려 혼란스러워진 아이이다. 영화에서는 떴지만 변함없는 일상의 자신에 대해 절망하고 있는 아이를 어떻게 할 수 없었던 나의 무력함도 되살아났다.

곁에서 우리 아들 멋지다고 격려해주는 엄마라도 있었더라면, 주위의 친척들이나 아는 사람들이 와– 함성을 지르며 반기고 내 일처럼 좋아했더라면, 그 아이가 그렇듯 의기소침해서 풀기 없지는 않았을 텐데, 꾸준하게 상담하기를 당부했건만 그 아이는 나타나지 않았다.

아는 사람의 출연으로 인해 영화배우가 만인의 연인이 됨을 새삼 알게 되었다. 유명 배우와 함께 했다는 사실만으로도 아무렇지 않던 이웃이 특별하게 생각되는 걸 느끼면서, 그 〈친구〉도 공연히 어린 아이에게 바람을 넣어 상처만 낳게 되었음을 상기했다. 가족의 사랑조차 받지 못하고 사는데, 어느 날 갑자기 만인의 연인이 된 듯 착각을 하게 되었으니 그 감당을 어찌 할 수 있었을까. 그로 인해 온갖 일들이 되살아나 그를 괴롭히고, 잔잔한 호수에 돌을 던진 것처럼 일파만파로 번져갔을 슬픔, 그럼에도 결국은 아무것도 아니라는 자괴감은 어린 그를 얼마나 힘 빠지게 했을까.

아역으로 출연한 아이들이 겪는 정체감이 문제가 됨을 종종 들었지만, 그들 뒤에는 가족이 있어 버틸 힘과 견딜 힘을 줄 것이다. 시설에 수용된 아이로 살아가는 데는 차라리 그런 경험이 없는 편이 오히려 도움이 되지 않을까. 아마도 그는 생전 처음 주변으로부터 자기를 인정 받았지만, 현실의 삶에는 어떠한 변화도 일어나지 않음에 절망했을 것이다.

영화계로 나설 자식을 위해 단역 출연도 마다하지 않는 그 어머니의 아들은 과연 그 모정의 의미를 헤아리고 있을까. (2007)

전에는 보이지 않던 것들

운전을 배운 지 얼마 되지 않아 도로에 나섰을 때 무심코 구급차를 따라 간 적이 있다. 갑자기 차가 사이렌을 울리며 쌩- 하니 가버리자, 반대 방향에서 나를 향해 있는 차들이 줄줄이 보였다. 어떻게 된 일인지 영문을 몰라 어리둥절한 나를 보고 사람들이 손가락질을 해댔다. 후진에도 서툴던 초보가 그 순간을 어떻게 모면했는지 지금 생각해도 진땀나는 장면이다.

그런 일을 겪고서야 구급차는 다른 자동차와 달리 역주행도 하고 신호위반도 할 수 있다는데 생각이 미치는 것처럼, 전에는 예사로 지나치던 것의 의미를 하나씩 알아가는 과정이 인생이 아닐까 하는 생각이 든다. 영어를 배우고 나서야 영어로 된 간판이 눈에 들어오는 아이처럼 내 경험의 폭만큼 삶을 알게 되는가 보다.

나처럼 겪지 않고는 잘 알지 못하는 미련한 사람에게만 해당되는 이야기겠지만, 전에는 보이지 않던 것이 보이는 것, 이런 것이 나이를 먹어가며 얻게 되는 축복인지 모른다.

우리 집 들어오는 골목 어귀에 해산물을 파는 노점상이 있다. 오십대 초반으로 보이는 아줌마가 자리를 잡고 있는데, 그 곁에는 반듯하게 생긴 남편이 조개를 까고 있는 장면이 내 눈에 들어 왔다. 전에도 그렇게 했으련만, 사촌 동서가 이혼을 하고 가버린 뒤에야 그 모습이 보이게 된 것이다. 가구점을 하던 시동생이 아이엠에프 IMF 때 부도가 나서 살림이 말이 아니게 되자, 동서가 시장 어귀에서 반찬 장사를 시작하게 되었다. 친구가 가게 앞자리를 비워 주었다는 데 길거리에 좌판을 놓은 것이다.

새벽 3시에 일어나 도매시장에 가서 물건을 떼 오고, 와서는 중학생이던 아들 밥해 먹여 학교 보내고, 그러고는 사 온 야채를 다듬고 데치며 동동거리고 살았다. 장사라고는 해본 적도 없던 사람이 너무도 대견해 보였다. 그런데 정작 그 남편은 늦도록 자고, 심지어 동서의 카드까지 가져다 쓴다는 얘기를 듣고 함께 분통을 터트리곤 했다.

새벽에 시장 가서 물건이라도 떼 주면 동서가 한결 수월할 텐데, 고생을 함께 해야 참을 힘도 생기는 거지, 장사라곤 모르던 사람이 길거리에 나앉을 때까지의 고심은 말할 것도 없고, 아는 사람 볼까 부끄러워 수건을 깊이 내려 쓰고 있다는 이야기를 들을 때는 가슴이 아리곤 했다. 나는 위로랍시고, 명색이 자기 사업하던 사람이 그렇게 쉽게 길바닥에 나앉을 수 있겠느냐고, 그러니 어디 다른 지방으로 가서 살면 어떻겠느냐며 기껏 말로만 걱정을 같이 하곤 했다. 사람은 착한 사람이었지만 아내의 고생을 나 몰라라 하면 가족이라 할 수 없는 것, 그렇게 죽을 고생을 하더니 결국은 헤어져 가버렸다.

동서라는 관계가 인척이라는 사실을 일깨워준 사건이었다. 결혼으로 맺어진 가족은 그 혼인이 깨어지면 남이 되는 것, 명절이나 제사가 들면 서울 있는 내 동서들은 빠지는 일이 많아도 누구보다 먼저 와서 거

들어 주었는데, 집안에 행사가 있을 때는 그 동서 생각이 난다. 간혹 전화로 안부를 묻곤 하더니 세월이 지나니 소식도 없고, 다 자라서 사회에 나간 조카한테 근황을 묻곤 하다가 요즘은 그마저도 그만 두었다. 남자라면 몸서리나서 재혼은 안한다고 하더니 어떻게 지내고 있는지, 길가에 좌판을 놓고 사이좋게 앉아 조개를 까고 있는 그 부부를 보면 착하던 동서 생각이 나서 부럽기조차 하다.

하루는 무슨 행사에 갔다가 뷔페로 저녁을 먹고 음식이 남아서 싸오게 되었다. 오다가 어두운 골목길에 늦도록 앉아 있는 그 부부가 보여서 그것을 주고 왔다. 그 남편에게 족발 먹느냐고 물었더니 술안주하면 좋지요 하며 반기는 모습이 고마웠다.

지난 설 대목에도 추운 길가에 작은 화로를 피워놓고 두 부부가 말없이 앉아 조개를 까고 있어서, 이 집 신랑이 어찌 이리 이쁘냐 고 했더니 집에서는 안 이쁘다고 부인이 말했다. 나이가 드니 남의 남편을 보고도 아무렇지 않게 그런 말을 할 수 있게 되었다.

전에는 보이지 않던 것들이 눈에 들어오고, 남의 일이라도 인정의 기미가 느껴지면 내 일처럼 고마운 생각이 든다. 옛 어른들이 다른 사람의 이야기를 들으면서 "고맙제, 고맙아라" 하더니 나도 그런 심정이 되는가 보다.

살면서 차츰 고마운 일이 많아지는 것은, 곡진한 삶의 편린들을 겪으면서 호락호락하지 않는 삶의 진면목을 알아차린 탓일 것이다. 그래서인지 묵묵히 살아가는 사람들의 따뜻한 마음이 새삼 귀하게 느껴진다.

(2006)

노숙자

아파트 앞 벤치에 여성노숙자가 며칠 째 자고 있다. 정신이 온전한지 알 수가 없어 말을 붙이진 못했지만, 맨발을 내놓고 자는 양이 추워보여서 양말이라도 한 켤레 가져다주고 싶었다. 오십이나 됐을까, 비교적 깔끔한 옷차림에 키도 크고 인물도 반반한데, 뭇 남자들이 지나다니는 길가에 키대로 누워 자는 양을 볼 때마다 신경이 쓰였다.

이른 아침, 산으로 갈 때 눈여겨보면, 어떤 때는 계곡물에 옷을 빨아 바위에 널어놓고 그 옆에 누워있기도 하고, 어떤 때는 맨손체조를 하고 있기도 했다. 쉼터를 몰라서 저러고 있지는 않을 테고 어디다 연락을 해서 좀 데려가라고 했으면 좋으련만, 혼자 이런 저런 궁리를 하며 보고만 다녔다.

그러던 어느 날, 지나가는 사람에게 시간을 묻고 있는 양을 보았다. 정신이 아주 나간 사람은 아니었던 것이다. 나는 그에게 다가가 양말이라도 한 켤레 갖다 주고 싶다고 말을 붙였다. 그러나 그 말에는 대답을 않고, 밥은 어떻게 해결하느냐는 물음에 "얻어먹지요"하며 간단하게 말했다. 쉼터가 불편해서 그러느냐는 말에 "알면서 왜 묻느냐"고 했다. 그날은 그렇게 넘어갔다.

정신이 아주 이상하지는 않다는 안도감 때문이었을까. 며칠 지나 다시 말을 붙였다가 욕을 한 바가지 들었다. 곳곳에 무료급식소가 있으니 밥을 얻어먹으려면 시간에 맞춰 가야 할 텐데, 서랍 속에 잠자고 있는 손목시계라도 하나 갖다 주고 싶었던 것이다. 그 말을 듣더니 눈을 희번덕이며 "그 보다 더한 것도 두고 나왔는데 시계가 무슨 소용이냐." 며 쏘아붙였다. 그러고는 "그런 시비까지 붙이고 복 많이 받아라." 라는 말이 날아왔다.

욕이 미처 내 안으로 들어오지 않은 탓일까. 그러고도 내 눈은 늘 그 여자를 좇아 다녔다. 비가 오는 날은 어디서 비를 피하나 두리번거리고, 아파트 앞 정자에서 자다가 경비원에게 쫓겨나는 양을 보면 딱하기 그지없었다. 근처 벤치로 가서 며칠을 자더니 그나마 그리로 들어가는 입구를 아파트 측에서 막아버렸다. 그 여자가 보이지 않게 되자 나는 그녀를 더 생각하게 되었다.

따뜻한 아랫목을 떠나 거리로 나설 수밖에 없었던 것은 아마도 주변 사람들에게 받은 상처와 배신감 때문일 것이다. 모르긴 하지만 정신이 그렇게 되기까지 받은 상처가 컸을 것이고 그 상처를 이기지 못할 만큼 고운 심성을 가졌을 것이다. 성정이 억센 사람은 남에게 상처를 입혔으면 입혔지 자신이 그렇게 되지는 않을 것이나.

내가 상담실에서 만났던 몇몇 아이들은 상담으로는 도움이 되지 않아 정신신경과에 데리고 가서 치료를 받아야했다. 어른들의 무게와 부피에 짓눌린 채 자신을 추스르지 못하고 스스로를 병들게 하던 마음 여린 아이들, 그들도 혹시 저렇게 거리를 떠돌지나 않는지, 약으로 치료를 받았지만 크게 나아지지 않아 결국은 입원을 권유받곤 했는데, 저 여자의 상처도 치유해 줄 사람은 아무도 없을지 모른다. 그런 그녀에게 하찮게 양말을 시계를 주고자 했으니, 어리석은 걸로 치면 내가 한 수 위다. 차라리 속으로 기도나 할 것을, 그러나 그렇다고 저렇게 거리를 헤매게 놓아둘 것인가.

며칠이나 보이지 않아서 궁금했는데, 해질녘 집으로 돌아오는 사람처럼 어스름 저녁 빛 속으로 그녀가 올라오고 있었다. 어디서 구했는지 짊어지고 다니던 가방이 바뀌었다. 아침 산에서 만나는 사람들한테서 그녀가 근처 절에서 밥을 얻어먹는다는 얘기를 들었고, 어떤 날은 빵가게에서 물을 마시고 휴지를 얻어 나오더라는 얘기도 들었다. 나름대로 사는 방식이 있음을 알고 조금 안도하는 마음이 되었다.

그러나 신문지를 깔고 바깥에서 웅크리고 자는 양을 볼 때마다 어떻게든 도와줄 수 없는 상황에 마음이 무거웠다. 사람 몸 받기 어렵다는데, 한 생애를 저렇게 보내야하다니, 그 부모라도 있어 저 모양을 본다면 얼마나 가슴이 미어질까.

오래 전 미국에 갔을 때, 산타모니카해변에 고약한 냄새를 풍기며 잔디밭에 누워있는 홈리스들을 보고 낯설었는데, 어느 새 우리나라에도 노숙자가 생겨나 친숙한 광경이 되고 있다.

물질이 풍족해지면 정신이 궁핍해지는, 물질과 정신의 어떤 함수관계라도 있는 것일까. 양말을 기워서 신던 옛날에는 다리 밑에 거지는 있어도 노숙자는 없었다. 양말이며 시계가 흔해진 이즈음에는 역 대합실이 노숙자의 숙소가 된 지 오래다. 사회가 복잡해지고 사람들의 인내심이 물러진 탓일까. 아니면 사회 구조의 문제일까. 가족을 두고도 집을 나와 돌아다니는 사람이 많아지고 있다.

어느 대학원생이 노숙자에 대한 논문을 쓰기 위해 서너 달 동안 노숙자로 살았다는 기사를 보며, 그들도 엄연한 사회의 구성원임을 알게 된다. 나라에서 체계적인 대책을 세울 때임을 절감하면서 오늘도 내 눈은 그녀를 따라다니고 있다. (2011)

원망을 넘어서

봉투를 받았다. 세상에 나서 그렇게 귀한 봉투를 받은 적이 없다. 한글교실에 오는 할머니들에게서 스승의 날 받은 돈 봉투다.

겉봉에는 돈 낸 사람들의 이름이 적혀있는데, 연필로 또박또박 쓴 것이 급장 글씨다. 그런데 두 사람의 이름자가 잘못 써져 있다. 하나는 받침이 빠져있고 하나는 소리 나는 대로 적었다. 내일은 같은 반 학우들의 이름자를 쓰는 걸로 수업을 시작해야지. 할머니들의 정성을 받아들고 이 손 아픈 돈을 어디에 써야 할까를 생각하며 복지관을 내려왔다.

다음 날 초등학교 일 학년 국어공책을 샀다. 한 사람에게 두 권씩 돌아가게 준비를 해서 한마디씩 인사를 썼다. 남편이 병 중에 있는 분께는 바깥어른의 쾌유를, 저 세상 갈 때 글눈이라도 뜨고 가려 한다는 팔십 노인에게는 건강하시기를, 예순 다섯에 급장을 맡은 분에게는 그 수고에 대한 고마움을 적었다.

나이 들면 한글 모르는 분들에게 글을 가르쳐드려야지, 이것은 나의 인생설계 중 마지막 부분에 속하는 계획이었다. 그 분들에게 글을 익히게 해서 마음속에 있는 생각을 글로 쓰게 하자. 그렇게 한다면 진솔한 얘기로 가득한, 소설보다 더 생생한 감동을 주는 글이 될 것이고 그러면 한 권의 책으로 엮으리라.

나는 첫 시간에 '봄' 이라는 단어부터 시작했다. 심월이어서 그랬을 것이다. 봄나물, 봄비, 봄나들이…, 그러나 내 기분에 취해 있음을 금방 알 수 있었다. 봄에 대한 사설이 끝나 갈 무렵, 병원에 가면 외과, 내과를 찾아갈 수 있게 그걸 가르쳐달라는 제안이 있었다. 머리를 한 대 얻어맞은 느낌이었다. 무안했다고 할까, 봄 노래 보다 더 절실한 무엇이 있음을 알고 정신이 번쩍 들었다.

인생을 살지 않고 꿈부터 꾸는 것은 내 오랜 지병이다. 마음속에 있는 생각을 글로 쓰는 것은 뒷일이고, 글을 몰라서 겪게 되는 불편을 해소하는 것이 우선할 일임을 알았다. 몸으로 부딪히지 않으면 모르는 내 우둔함이 부끄러웠다. 비뇨기과, 정형외과, 이비인후과…, 차례로 써내려가면서 생활 속에서 부딪히게 되는 곤란함이 어떤 것인가를 그제야 알아차렸다.

아파트 문 밖에 쌓아 둔 전시회 팸플릿 뭉치가 감쪽같이 사라진 일이 있었다. 자료실에 보내려던 것인데 집안이 복잡해서 바깥에다 내 놓으면서 '보관용'이라고 크게 써서 붙여두었다. 경비원에게 물어보니 파지를 줍는 할머니가 몇 차례 실어 나르더라고 했다. 주인의 허락이 있은 줄 알았다면서 되도록 빨리 연락해 보겠다고 하더니, 외출했다 돌아오니 제 자리에 와 있었다. 종이처럼 무거운 게 없는데 이 많은 걸 다시 나르느라 얼마나 고생을 했을까. 마음이 무거웠다.

사색이 된 할머니가 찾아 온 것은 저녁을 먹고 난 뒤였다. 반찬값이나 하려고 모으고 다닌다면서 눈물범벅이 되어 잘못했나고 사죄를 했다. 경비원에게 혼이 날대로 나고, 고물상에 넘긴 것이 그대로 있을지 알 수 없어 가슴을 조이며 애를 태운 것 같았다. 다시는 이 일을 하지 않겠다며 눈물을 지었다. 밖에다 내놓았으니 버리는 걸로 잘못 알 수도 있었겠다고 이해하며, '보관용' 이라고 써두었는데 혹시 못 보셨느냐고 물었더니, 글을 모른다는 대답이다. 순간 아무 말도 할 수가 없었다.

5천원을 받고 넘긴 것을 다시 찾아 왔다기에 돈 만 원을 손에 쥐여주며 아직 건강한데 이런 일이라도 계속하시라고, 그리고 폐지를 모아두었다가 연락하겠다고 전화번호를 적어놓았다. 글을 모른다는 것이 어떤 것인가를 알지 못했던 나는 이튿날 수업을 시작하면서 이 얘기부터 꺼냈다.

할머니들은 이름자를 쓸 줄 아는 것만도 어디냐며 감사해 하고, 더 늙어 바깥출입이 어려우면 그때 책을 읽기 위해 글을 배우려한다는 말도 했다. 이런 말을 들으면서 나는 글을 읽을 수 있음에도 얼마나 열심히 책을 읽었던 가 반성하며, 이름자를 쓸 수 있다는 게 감사한 일인지조차 생각해본 적이 없음을 상기했다.

대학 강단에서 전공을 가르친 적은 있지만, 교수법을 정식으로 배운 적이 없고 보니, 초등학교 교사에게 자문을 구해서 체계적인 교안을 짜야겠다는 생각이 들었다. 이 할머니들의 다급한 심정을 모르고 덤벙거린 게 미안했다.

궁리 끝에 초등학교 일학년 1학기 교과서 읽기를 교재로 쓰기로 했다. 우리가 배우던 때와는 비교가 되지 않을 만큼 내용이 어려웠다. "소가 우적주적, 우물우물 보리를 먹고, 토끼가 깡충깡충, 오물오물…" 이렇게 난해할 수가 없다.

읽고 받아쓰기를 반복하는 사이 두어 달이 지났다. 아직까지도 부모가 원망스럽다고 하시는 분들, 한글 배우러 다닌다는 말을 아무한테도 할 수 없다고 부끄러워하시는 분들에게, 이 나이에도 두어 시간씩 앉아 있을 수 있는 건강을 주셨으니 부모님에게 고마워해야할 일이라고 다독거리며 수업을 이끌어 간다.

제 때 공부하지 못한 것이 평생의 한이 됨을 나는 안다. 그 한을 풀지 않는 한, 만사가 배우지 못한 탓인 것처럼 생각되는 것 또한 어쩔 수 없다. 그러나 지금도 아들 우선하는 사람이 많은데, 그 옛날에 딸들 공부시키는 부모가 몇이나 되었을까. 돌아가신 친정어머니는 자식들에게 편지를 쓸 때나 불경을 읽으면서, 학교 다니는 아이가 몇 없는 산골마을에서 학교에 보내준 외할아버지를 생각하며 "우리 아버지 고맙지" 하며 입버릇처럼 감사해하셨던 걸 보면, 어디나 사정은 비슷했을 것이다.

세상 떠날 나이가 되어서까지 부모 원망을 해서야 되겠는가 싶어 어버이날에 나는 시조 한 수를 칠판에 썼다.

어버이 살았을 제 섬길 일 다 하여라
지나간 뒤면 애닯다 어이 하리
평생에 고쳐 못할 일이 이 뿐인가 하노라

섬기기는커녕 어버이날이 되어도 찾아갈 부모조차 계시지 않음에 목이 메는데 아직도 부모를 원망하다니, 부지런히 글을 익혀, 원망을 넘어 그리움을 쓸 수 있는 날이 와서 그 마음의 상처가 치유되길 바라는 마음이다. (2007)

소견 없음에 대하여

그날따라 유별난 옷차림을 했다. 그렇게 입고 장례식장에 가리라고는 생각지도 못한 일이다

나이 들어가는 일이 서글퍼서 캉캉 춤 출 때나 입을 것 같은 레이스 치마를 장만했다. 멋 한번 제대로 부려보지 못하고 나이 들어가는 게 억울해서, 그 옷을 만들어 놓고 입을 날을 기다리던 중이었다.

작년 여름에는 딸이 애기를 낳고 와 있는 바람에 한 번 걸쳐보지도 못했고, 올해는 평소에 입기가 부담스러워 기회를 보고 있었다.

그날은 마침 문화센터에서 한국무용을 배우는 사람끼리 야유회를 가기로 돼 있었다. 양산 어디쯤 별장을 가진 사람이 있어 그곳에서 하루를 지내기로 한 것이다. 전에도 야유회를 갔다지만 그렇게 만난 사람들과 크게 유대를 갖지 않고 지내는 편이라 함께 하지 않았다.

그런데 지난 한 해, 허리를 삐끗해서 춤을 배우기는커녕 외출도 마음대로 못하고 사느라 사람 그리운 정이 깊어서, 올해는 함께 가 보리라 마음을 먹었던 것이다.

위에는 분홍색, 치마는 살구빛으로 단장을 하고 나섰는데, 모이는 장소에 도착하니 아무도 보이지 않았다. 일을 설두한 사람한테 전화를 했더니 모임은 취소됐으며 경황이 없어서 연락을 빠트려 죄송하다고 했다.

그 무렵 우리 반의 총무를 맡고 있던 사람이 실종되는 사건이 있었다. 이혼소송 중인 남편을 만나러 간다고 나간 지 두 달이 가까워오고 있었는데, 며칠 전 낙동강 하구에서 시신이 담긴 가방이 발견됐다고 했다. 그런 일이 내 주위에서, 그것도 아는 사람이 당한 일이어서 며칠 내내 충격 속에 지냈다. 쇠사슬에 묶여있었다니 그 모습을 생각하면 끔찍해서 연약하고 착하던 사람을 떠올리며, 오늘 모이면 그 이야기도 나누고 묵념이라도 하자고 해야지 하고 나섰는데, 오늘이 장례식이고 지금 발인이 진행되고 있다는 것이었다.

대학교수인 남편이 자백을 했다는 뉴스를 보고 참담해있던 중이었는데, 범인이 잡혔고 부검도 한 뒤여서 장례를 치르게 된 모양이었다. 순간 나도 모르게 내 옷차림을 내려다 봤다. 그러나 어쩔 수 없는 일, 그대로 영락공원으로 향했다. 이런 상황인데도 야유회간다고 나섰으니 다른 사람의 손가락질을 받아도 할 수 없는 일이라는 생각이 들었다.

이런 경우에는 나부터라도 먼저 전화를 해서, 함께 하던 사람이 그런 변을 당했는데 야유회가 가당키나 하냐며 말려야 할 텐데, 피에로처럼 차리고 나선 꼴이라니, 까만색 일색인 장례식장에 들어서니 사람들이 일제히 돌아보는 것 같았다. 그래 손가락질을 받자, 받아야할 일이다. 나는 조금도 쑥스러워하지 않고 또 그렇게 입고 간 데 대한 변명도 하지 않고, 진행되고 있는 화장이 끝날 때까지 그 어머니의 부들부들 떠는 손을 잡고 통한의 넋두리를 들어 드렸다.

맏자식을 그렇게 보내는 어머니의 마음이 어땠을까. 하루에도 두 번 세 번 전화하던 딸이라 했다. 부산에는 비가 온다든지, 어디를 간다든지 시시콜콜한 것까지 시골에 있는 어머니에게 얘기하던 딸이, 남편을 만나러간다는 전화 이후에 소식이 끊겼다고 했다. 그렇게 자세한 일까지 알려드린 덕분에 누구를 만나러갔다가 실종됐는지 금방 알게 되었으며, 결국은 범인이 남편임이 밝혀지는데 도움이 되었으니, 평소의 효성이 자신에게 바친 정성이 되었다.

그날 끝까지 자리를 지키며 울던 총무대행에게 점심을 사주며 내 소견 없는 마음을 달랬다. 야유회비로 모은 돈으로 부의금을 하고, 여기저기 연락해서 사람들이 문상을 하고 갔다니 얼마나 기특한지 몰랐다.

경상도 말로 '시정 없는' 덕분에 고인의 마지막 가는 길을 지켜볼 수 있었던 걸 보면 그와는 고만큼의 인연은 있었던 가 보다. 아카시아 꽃잎이 눈송이처럼 날리는 속으로 검은색 리무진은 떠나고 나는 합장을 하며 그를 배웅했다.

인도의 성자, 라마나 마하리쉬는 "일어나게 되어 있지 않은 일은 아무리 애를 써도 일어나지 않을 것이고, 일어나게 되어 있는 일은 아무리 막으려고 해도 일어 난다."고 했으니, 오늘 나는 어울리지 않는 옷차림을 하고 헐레벌떡 장례식장으로 가게 되어 있었던 모양이다.

멋 한 번 부려보지 못하고 늙은 것이 서러운 게 아니라, 이 나이되도록 그 정도로 사태파악이 되지 않는 세정 없음이 부끄러운 하루였다.
(2011)

화들짝 놀라서

성장盛裝을 하고 집을 나섰다. 천연염색한 무명한복에 버선을 신고, 큰 맘 먹고 마련한 가죽신도 꺼내 신었다. 목에는 명주수건을 둘렀다.

그러고는 볼 일이 있다는 남편의 일이 끝나기를 지하철역에 앉아서 기다렸다. 옆에 앉아 있던 아주머니가 나를 넘겨다 보며 "티브이TV에 나오는 사람 같네요." 해서 함께 웃었다. 평일에 한복을 입고 있는 모습이 남다르게 보였나 보다. 그렇게 앉아 있으려니 두루마기에 명주수건을 두르고 세배 나서시던 어머니 생각이 났다. 옛 여인들에 비해 바지차림으로 다니는 요즘 여자들은 선머슴과 다름없다. 나부터도 집안에 결혼식이나 있으면 모를까 한복 입을 일이 거의 없다. 오랜만에 그렇게 차려입으니 요조숙녀나 된 듯 기분이 괜찮아졌다.

거의 열흘이 넘도록 감기몸살을 앓았다. 계절은 봄으로 가고 있는데 나는 겨울 속에 갇혀있었다. 신문에는 매화 소식이 실리고, 사는 아파트 뜰에도 청매가 핀지 오래다. 해마다 이맘때면 매화를 보러 통도사로 범어사로 갔었는데, 올해는 가 보지도 못히는 건 아닌시 서글픈 생각이 들었다. 기와집 처마를 이고 있는 돌담 곁에 벙그는 매화, 그 고

졸한 자태를 보러가는 것은 내 오랜 봄맞이 행사다.

찬바람을 쏘이면 감기가 되감기니 밖으로 나다닐 수도 없고 자리에 누워있으려니 만사가 귀찮아지고 싫어졌다. 기운이 없어 책을 읽을 수도 전화를 할 수도 없다. 병원 가는 일 외에는 집에 갇혀 있으니 기분이 점점 가라앉았다.

막내가 갑자기 맹장수술을 하게 되어 새벽차로 서울로 내달리고, 며칠을 병원에서 지내느라 무리가 갔던지 몸이 불덩이처럼 열이 나기 시작했다. 회진하던 의사는 딸하고 자리를 바꿔야 되겠다고 농담처럼 말했다. 아이가 퇴원하자, 국이라도 끓여 먹인다고 그 몸으로 시장을 돌아다녀서 감기가 세졌던 것이다. 결국 아이의 간호를 받을 지경이 되어 출근하는 것도 보지 못하고 부산으로 오고 말았다. 채 일주일도 견디지 못하고 와서는 죽도록 앓았다. 온 몸이 쑤시고 아팠다. 이렇게 감기를 오래 앓기는 처음이다.

그렇잖아도 가까이 지내던 어릴 적 친구가 훌쩍 세상을 떠나버려 삶이 무한정 지속되지 않으리라 실감하던 참이었다. 어쩌다가 친구의 입관까지 보게 되어 그 마지막 모습이 생생하다. 자신의 생이 끝났는데 가는 줄도 모르고 준비 없이 떠나는 걸 보며 더욱 허무하게 생각되었다. 연만한 부모님이 세상을 떠나시는 것과는 사뭇 다르게, 나에게도 닥칠 일이라는 생각에 화들짝 놀라는 심정이었다. 정신이 번쩍 들었다고나 할까. “이 봄을 몇 번이나 볼란 지” 하시던 돌아가신 어머니의 심정이 헤아려진다.

해마다 매화는 다름없이 피지만, 가버린 친구는 봄이 오는지 매화가 피는지 상관없는 사람이 돼버렸으며, 내게도 언제고 그런 날이 올 테니 이 봄을 그냥 맞이할 일이 아니라는 생각이 들었다. 잠들었던 대지가 소곤대며 깨어나는 봄, 살아있음이 기쁘게 생각되는 봄, 그 봄을 정중히 맞이해야 될 것 같았다.

더구나 나는 유난히 겨울을 싫어한다. 찬바람이 부는 칙칙한 거리, 총총걸음, 나무는 매서운 바람에 윙윙거리고 사람들마저 웅크린다. 나는 되도록 밝은 색 옷을 입으며 겨울을 견딘다. 그래서 더욱 봄을 기다리게 되고 "올해는 매화가 많이 오셨다." 며 반겼다는 옛 어른들의 심경을 공감하게 된다.

감기가 조금 느슨해지는 것 같아 서둘러 성장을 하고 나선 것이다. 전에는 마음 맞는 친구와 함께 갔었는데 올해는 남편을 졸랐다. 아마도 졸지에 혼자되어, 오는 봄을 망연히 보고 있을 친구 남편 생각이 났던가 보다. 누구라도, 언제까지 함께 한다는 보장이 없고 보면, 서로에게 좋은 추억을 만들어두는 것도, 예쁜 모습을 자주 보여주는 것도 필요할 것 같았다.

청매 홍매가 한자리에 모여 있는 범어사 염화실 마당, 사진을 찍자며 카메라도 챙겼다. "잘 나오면 영정사진도 하고" 라며 농담반 진담반 하는 나를 보고 "씰 데 없는 소리" 라고 남편이 말하자 나도 모르게 "아니면 더 좋고" 하는 말이 느닷없이 나왔다. 언제까지 이 화사하게 피는 매화를 보며 봄을 맞이하고 싶은 것일까. 홀연히 세상 떠나는 친구를 보고도.

사진 속에는 아무 맵시도 없는 초로의 여인이 부석부석한 얼굴을 하고 꽃가지 곁에 서 있었다. (2008)

마음의 짐

직장에서 같이 근무했던 젊은 직원이 자두 한 상자를 보내왔다. 퇴직한 지 서너 해가 돼 가는 나를 잊지 않고 보내 온 정이 고마웠다.

자두농사를 짓는 시어머니에게 부탁해서 보내는 것이라 했다. 시댁과 잘 지내는 가 싶은 생각이 들면서도 다시는 그런 부탁하지 말라고 단단히 일렀다. 그게 모두 땀이고 돈인 것을, 새 며느리 부탁이라 거절할 수도 없었을 게 아닌가.

그 동안 자주 소식 전하지 못한 잘못을 사과하는 의미로 뇌물을 보낸다는 말이 정다웠지만, 마음 한구석이 내내 무거웠던 것은 그가 직장을 그만 두었다는 사실 때문이었다.

야간에 석사과정을 밟고 내처 박사과정에 들어갔다는 말을 들어서 기특하게 생각하고 있던 참이었는데, 새삼 그때 잘 해주어서 고마웠다는 인사를 들으니 마음이 착잡했다.

그는 대학을 졸업하고 직장생활을 처음 시작했고, 나와 손 맞춰 일을 해야 하는 자리에 있었다. 조직생활이 몸에 맞지 않아 사무적이 되기 위해 노력하던 나에게 그가 일을 배웠으면 얼마나 배웠겠는가. 딸 같은 나이라 다독이기는 했지만, 칼처럼 가르치고 여지없이 다그치며 엄격하게 대하지는 못했다. 꼭 그래야할 자리에도 그냥 넘어가고, 어찌 보면 내가 무능해서 그랬던 건 아닐까 하는 반성이 된다. 이런 나의 소홀함이 화근이 되어 직장생활을 견디지 못하고 나온 게 아닐까 하는 의구심이 들었기 때문이다.

누가 상관이 되든 일을 여축없이 하면 책잡힐 일이 없는 곳이 직장인데, 무른 나를 만나 일 버릇이 그렇게 들어서 견디지 못한 건 아닐까. 잘못했을 때 따끔하게 야단치고 분명하게 길을 제시했더라면 직장을 그만두는 일은 없지 않았을까.

어제 신문에는 어느 고위직 공무원이 명예퇴임을 하면서 "그 동안 동료직원들을 질책하고 꾸중을 심하게 한 것은 일을 도모하고 조직을 보호하기 위해서 한 일이며, 특정인을 면박을 주기 위한 것이 결코 아니었다."며 용서를 구하는 퇴임의 변이 실려 있었다. 나도 그렇게 했어야 했던 건 아닐까.

자두 한 상자를 먹는 내내 마음이 편치 않았던 것은, 그가 직장을 중도에 그만둔 것이 알게 모르게 내 영향이 아니었을까 하는 의구심이 들었기 때문이다. 만나서 자세한 이야기를 들어봐야 내력을 알겠지만, 전문성을 갖추기 위해 대학원에 진학해서 열심히 소양을 쌓았을 텐데, 무슨 일이 없고서야 무단히 그만 둘 리가 없다.

눈 앞에서 보지 않으면 잊어버리기 마련인 것이 사람이다. 더구나 지난 일은 발등에 떨어진 지금의 일에 묻혀 생각할 겨를이 없다. 세월이 지나 시어머니에게 어려운 부탁을 해서까지 보내 온 자두는 그가 그동안 겪은 마음 고생이 어떠했는지를 보여주는 게 아닌가.

사실, 직장이란 일이 어려워서 힘든 경우보다 사람과의 관계가 힘들어서 견디기 어려운 경우가 많다. 일을 처리하는 과정에서 의견 차이야 있을 수 있지만, 사람에 따라서는 아주 기분을 상하게 하거나 계속 씹어대면서 괴롭히는 사람도 있고, 앞에서의 행동과 돌아서서 하는 말이 다른 사람도 있다. 그 사람 보기 싫어서 직장에 가기 싫다는 말을 예사로 듣는 곳이 직장이다.

시집 산다고 하지만 직장만한 시집이 없다. 오히려 시집은 세월이 가면 익숙해지고 서로에 대한 미움이 연민으로 바뀌지만, 직장이란 곳은 냉정한 곳이다. 한때, 사람에 대해 실망하게 된다는 내 말을 들은 둘째 딸아이가, "엄마, 동료는 동료 이상도 이하도 아니에요. 그 이상을 기대했다면 엄마가 잘못이지요." 하며 나를 일깨운 적이 있었다. 그때 속으로, 저 애가 서울바닥에서 직장생활을 몇 년 하더니 벌써 도사가 된 모양이라고 대견해 하면서도, 한편으로 그런 말을 할 만큼 부대끼며 살았구나 하는 생각이 들어 측은하기까지 했다.

동료란 가족보다 더 오래 얼굴을 대하는 사람들이다. 하루 여덟 시간 이상을 꼬박 마주보며 살아야하니까. 그래서 무엇보다 인화와 화합을 중시 여기게 된다. 일은 사람이 하는 것이므로 먼저 사람 사이가 좋아야하는 것이다. 그러나 사람마다 생각이 다르고, 또 다른 사람을 밟고 올라서야 먼저 승진을 하고 상관에게 잘 보여야 점수도 딸 수 있으니, 상대를 어떻게든 깎아 내리려 들기도 한다. 어떻게 하면 유리한 고지에 올라설 수 있을까를 고민해야하는 경쟁상대가 동료인 것이다.

상관 중에는 이런 아랫사람을 교묘히 이용하는 사람도 있고, 지원들 간의 문제나 몰라도 될 사소한 일까지 알고자 하는 사람도 있다. 골치 아픈 일이라도 생기면 자기 역할을 밑에 사람에게 맡긴 채 비껴 앉고, 그 밑에 사람은 권한을 위임이라도 받은 양 날뛰는 경우도 있는 법이다.

직장생활을 일러 '적과의 동침'이라고 하는 말이 빈 말이 아님을 알 수 있다. 그러나 비교적 인원도 적고 임무도 단순한 직장이었는데, 무엇이 그를 견디지 못하게 한 것일까. 임신을 한 것이 좋은 핑계꺼리가 됐다는 걸로 봐서 직장에서 마음이 떠나 있었던 것 같다. 가까운 날에 한 번 만나 내 마음의 짐을 내려놓아야겠다. (2005)

아름다운 화해

한글교실에서 공부하는 할머니들 사이에 언쟁이 붙었다. 숙제 해 온 공책을 나누어 주었더니, 틀린 글자를 찾아낸 나를 일러 "선생님이 야시 같다"고 말한 것이 발단이었다. 자기 눈에는 아무리 봐도 안보였는데 귀신같이 찾아낸다는 말이었다.

그 말을 듣고 있던 나이 든 할머니 한 분이 "선생님을 보고 야시 같다니" 라며 면박을 주었고, 그 말에 "웃자고 한 소리를 가지고 뭘 그러느냐"며 반격을 하게 되자, "그래도 그렇지"라며 주거니 받거니 시끄러워진 것이다.

정작 야시로 불리게 된 나는 우스워서 하하 웃고만 있었다. 그런 일로 다투는 것도 그랬지만, 자기 눈이 잣대일 수밖에 없는 그 분들의 감탄이 더 우스웠던 것이다. 그 말다툼 사이에 "그러니까 선생님이지"라며 거드는 할머니까지 있어서 웃음소리가 더 커지고 있는데, 마침내 화살이 내게로 날아왔다. 그 나이든 할머니가, "선생님이 이래도 허, 저래도 허, 하니까 저렇게 버릇없는 말을 하는 게 아니냐. 딱 부러지게 야단을 치지 않고"라고 나에게 정색을 하며 지적을 했던 것이다. 그런데 나는 그 할머니의 말이 더 우스워서 웃음을 그칠 수가 없었다.

나보다 나이 많은 할머니를 어떻게 야단을 칠 것이며, 표현이 좀 속되다 해도 그 속뜻을 아는 마당에 그렇게까지 할 일은 아니었다. 그러나 웃고만 있을 상황이 아니었다. '야시 같다'는 말을 꺼낸 할머니의 기세가 등등해지고, 끝내는 다음부터 여기 오지 않겠다는 말까지 나왔다.

나는 정색을 했다. 글자 하나 더 배워 무얼 하려느냐, 사이좋게 살아야지. 세상 떠날 나이가 되어 맺혔던 것도 풀고 가야 할 텐데 이런 일로 토라져 다시는 오지 않겠다는 게 무슨 말인가. 그리고 나이든 분께 나이대접을 해서라도 그러는 게 아니라고 타일렀다. 또 한 분께는 '개떡같이 말해도 찰떡같이 알아들어라'는 말이 있지 않느냐면서 정말 선생님처럼 나무랐다.

숙지근해지는 걸 보고 수업을 마쳤다. 다 함께 복지관 식당에 점심을 먹으러 갔는데, 언쟁의 발단이 된 그 할머니가 계속 투덜대면서, 말조심하라고 한 할머니 곁에서 멀찌감치 자리를 바꿔 앉는 게 아닌가. 모두가 눈살을 찌푸리며 서로를 마주 보았다. 지나치다 싶었으나 밥 먹는 자리에서까지 가타부타 할 수는 없는 일이었다. 젊어서 혼자되어 일곱 남매를 키웠다는 할머니, 갖은 세파를 헤쳐 나온 그 생활력을 짐작하더라도 성정이 어찌 드세지 않을 수 있었겠는가를 이해하면서도 서슬이 퍼런 모습은 보기에 민망했다.

그날, 마침 돌아오는 길에 그 할머니와 같이 전철을 타게 되어 조용히 이야기할 수 있는 기회가 왔다. 나는 지하철역 의자에 앉아 그 할머니의 마음을 누그려 보려고, 나이든 분이 그러려니 하시라고 말을 건넸다. 그랬더니, 나이도 한두 살밖에 차이가 나지 않고, 한글교실에 자기보다 먼저 왔다고 텃세를 한다는 것이었다.

이야기가 다른 방향으로 전개되고 있었다. 고생한 요량 치면 퍽 고운 편이지만, 늙으면 남의 말을 듣지 않고 자기주장만 고집한다더니 같은 소리를 반복하고 그러자니 나도 같은 소리를 하게 되었다. 나는 이리저리 달래며, 나를 야시 같다고 한 말 속엔 선생인 나를 칭찬하는 뜻이 담겨있고, 그런 말을 했다고 나무라는 할머니 말 속에도 나를 공경하라는 뜻이 담겨있으니, 뜻은 같은데 표현만 틀리는 것이라고 설명을 했다. 다음 수업이 있는 전날 밤, 그 할머니에게 전화를 했다. 정말로 오지 않을 작정이냐고 물어보며 이런 저런 말로 다독거렸다. 그래도 오지 않는다면 할 수 없는 일이다. 나는 출근을 하면서 이 문제를 짚고 넘어가야겠는 데, 어떻게 하면 할머니들이 말을 잘 알아들을 지 궁리를 했다. 그가 오든 오지 않든 어떤 형태로든 이야기를 하고 넘어가야 할 것 같았다.

교실에 도착하니 오지 않겠다던 할머니가 자리에 앉아있었다. 반가웠다. 출석을 부르고나자 그날은 미안했다면서 야쿠르트 한 병씩을 돌렸다. 의외였다. 버릇없다고 나무라던 할머니는 이걸 받아먹기 뭐하다며 머쓱해했고 분위기는 화기애애해졌다. 나에게는 크기가 두 배나 되는 야쿠르트를 가져왔다. 우리는 다시 하하 웃으며 수업을 시작했다.

나는 칠판에다 '걱정'과 '심려'라는 낱말을 썼다. 적당한 비유가 되지는 않았지만, 한글로 이 사태를 설명하고 싶었는데, 마땅한 어휘가 생각나지 않아 궁리 끝에 짜낸 생각이었다. 이 정도는 읽을 수 있으리라 짐작한 대로 몇몇이 읽어냈다. '심려를 끼치다'라는 말은 '걱정을 끼치다'를 좀 격조 있게 표현했을 뿐, 이 두 낱말은 표현은 다르지만 뜻이 같다는 걸 강조했다. 마찬가지로 '야시 같다'는 말로 나를 칭찬한 말이나, 그런 투의 말을 하지 말라는 말루 나를 대접한 말이니 같은 의미를 가진 것이라고 설명을 했다. 그러니까 '걱정'이라는 낱말을 쓰는 사람이 '심려' 라고 쓰는 사람을 보고, 왜 그렇게 쓰느냐고 지적하면 말이 되지 않고, '심려'라고 쓰는 사람이 '걱정'이라고 써서는 틀렸다고 따진다면 그것도 말이 아니듯이, 야시 같다고 말하든 실력이 있다고 말하든 뜻만 같으면 되는 거라고 설명을 했다. 그래서 나는 '야시'라 해도 기분이 좋았고, 그런 말을 한다고 나무라는 말도 듣기 좋았다고 설명을 했다. 어찌 웃지 않겠느냐면서 나는 또 한바탕 웃었다.

받아쓰기를 마치고 점수를 매기러 다니다가 그 할머니 옆에 가서는 "멋쟁이네요" 라며 어깨를 안아주었다. 그리고 숙제 검사를 하고 그 말미에다 '그대는 멋쟁이'라고 써주었다. 이런 글자를 읽을 수 있다는 게 얼마나 기뻤을까. (2008)

인정도 품앗이

삼십 년도 넘게 만나는 사람들이 있다. 아이들이 유치원 다닐 때 학부모로 만났던 어머니들이다. 그 중에 한 둘은 세상을 떠났고 두엇은 사정이 생겨 모임에 나오지 않고 있다. 그 사이 아이들은 자라 대부분 결혼을 했다.

그런데 계원 중에 한 사람이 다른 지방으로 이사를 가게 되었다. 계 모임이다 보니 이런 저런 경조사가 생기면 정해 놓은 액수에 따라 부조가 나갔다. 그러나 이런 일은 처음이어서 의논을 하게 되고, 그 자리에서 세상 인심을 새롭게 보게 되었다.

가는 당사자가 남아있는 곗돈 중에서 자기 몫을 받아가기를 원했다는데, 계산을 해보니 이십 만 원도 채 안 되는 돈이었다고 한다. 그 말을 듣고 있던 사람 중에 누군가가 아직 혼사를 하지 못한 사람도 있는데, 그 돈으로 부조를 제 해야 된다는 말을 한 것이다. 가는 사람은 두 아이를 다 결혼시켰으니 두 번이나 부조를 받았고, 멀리 가면 소식이 두절되기 마련이니 아예 부조를 미리 받아야한다는 것이다.

그 말을 듣는 순간, 이런 사람들과 삼십 년을 만났단 말인가 하는 실망과 함께 문득 나도 이 모임에서 나가야되겠다는 생각이 들었다. 만정이 떨어지는 기분이었다. 멀리 가서 이제는 헤어질 사람인데 전별금은 못주더라도 저런 계산이나 하고 있을 것인가. 살다보면 부조를 했던 사람한테서는 받지 못하고 뜻밖의 사람으로부터 받는 경우도 생긴다. 이사를 간다고 얼마 되지 않는 돈을 챙겨가겠다는 사람이나 그 돈으로 미리 부조를 제 해야 된다는 의견을 낸 사람이나 한심하기는 마찬가지였다.

나는 부조를 다 받은 사람이니 그 자리에서 왈가왈부할 입장도 아니었지만, 곗돈은 공금이고 부조는 사적인 거래인데, 왜 저걸 한 데 묶어서 저러나 싶어 그 자리를 떠났다.

하룻밤이 지났다. 일박 이일의 야유회 날 있었던 일이어서 밤새 생각들을 했던 모양이다. 혼사 뚜껑도 안 열었다고 말하던 사람이 나서서, 세 사람이 그 돈 받아봤자 오만 원 정도인데, 다음에 청첩해서 오면 고맙고 안 오면 그만이라는 생각을 비쳤다.

그제야 나도 한마디 거들었다. 본인이 그렇게 하겠다면 몰라도 강제로 하는 건 아닌 것 같다고. 그러고 보니 앞서 사정이 있어 모임에서 빠진 사람의 경우에는 곗돈을 나눈다는 말조차 없었다. 새삼스레 나누어 달라는 사람이나 전례에 비춰 그럴 수 없다고 말하지 않은 임원들 때문에 쓸데없는 분란이 일었다는 생각이 들었다.

돌아오는 버스 속에서 나도 모르게 세상살이에 대한 생각이 꼬리를 물었다. 사람과의 관계라는 것이 어차피 계산을 바닥에 깔고 있는 것이라는 평범한 이치를 확인하면서 상부상조라는 말이, 가면 오고 오면 가야된다는 걸 의미함을 새삼 느꼈다. 그런데 만정이 떨어졌던 내 마음은 어떻게 된 것일까.

나부터도 아직 결혼하지 않은 딸이 있어 남의 혼사를 빠트리지 않았고, 시어른이 계시므로 다른 사람의 장례식에 열심히 다니고 있지 않는가. 다음에 있을 내 일에 오리라는 믿음을 앞세우고 하는 행위 아닌가. 그 믿음이 깨어질 것 같은 정황에 나타난 행동을 보고 나는 왜 만정이 떨어진 것일까. 나는 나의 이중성을 들여다보고 있었다. 집안에 큰일을 마친 사람들은 청첩장을 받으면 싫어하는 기색이 역력하다. 되받을 수 없는 부조를 해야 하는 게 내키지 않다는 뜻이 아닌가. 나도 청첩할 일이 생기면 큰일을 모두 마친 사람에겐 되도록 폐가 되지 않는 길을 찾는다. 부조 장부가 빚 장부라는 말도 있지만, 그것을 잘 보관하는 것도 내 일에 마음 써 준 사람에게 결례를 저지르지 않기 위한 배려다. 그러고 보면 우리가 한 달에 한 번씩 만나는 모임이란 결국은 큰일이 있을 때 서로 의지하기 위한 방편임을 알게 된다.

친정어머니는 평소에 인사를 차려야할 자리에는 꼭 챙기라고 당부하면서 그게 다 '내 인사' 라는 말을 붙이셨다. '내 인사'란 할 짓을 함으로서 떳떳해지고 남으로부터 사람대접을 받는다는 뜻이기도 하고, 그게 결국에는 나에게 돌아오는 인사란 뜻으로도 들렸다. 남에게 하는 인사가 곧 나에게 하는 인사라는 뜻일 것이다. 어머니 가시고 없는데도, 인사를 해야 되나 말아야 되나 헷갈릴 때는 어김없이 '내 인사'라는 말씀이 고개를 든다. "세상에 남의 일이란 없단다. 다 내 일이지", 어떤 일도 살면서 당하는 일이라는 뜻일 것이다. 나고 죽고 병들고, 그리고 자식 키워 출가시키고, 거기서 자유로운 사람이 있을까. 그러니 모두 내 일일 수밖에. 그런 일들을 혼자 할 수는 없으니 상부상조하면서 살아가기 마련인 것을, 인정도 품앗이라는 말은 정도 주고 받아야 하는 것, 인정도 갚아야 할 빚이라는 뜻을 내포하고 있는 게 아닌가.

사람 사이에서 가기만 하고 오지 않는 관계란 이어질 수가 없다. 가는 정이 있어야 오는 정도 있다지만, 곗돈으로 부조를 제하겠다는 발상은 지나친 계산이다. 삼십여 년을 만나면서 쌓인 정리는 어디로 간 것일까. 이런 저런 이야기 끝에, 부조 받고 저 세상 먼저 간 사람도 있는데, 그럴 때는 어디 가서 받겠느냐며 함께 웃었다. 뒷맛이 씁쓸한 자리였다.

이 세상을 살아내느라 품앗이도 생겨났겠지만, 세상 떠날 때는 빈손으로 가는 것, 가까운 사람에게 부조라도 열심히 해서 억지라도 남을 도울 수 있다면 저 세상 갈 때 좀 나은 성적표를 가지고 가게 될는지. 그 아니라도 사람이 가고 나면 생전에 다른 사람 일을 내 일처럼 챙기던 따뜻한 마음만 남아서 애석해하고, 두고두고 그리운 사람으로 기억되는 사람으로 살 수 있다면 얼마나 좋을까. (2010)

하단 장에서

하릴없이 장에 가는 날이 있다. 장날이라는 걸 알면서 가만히 있으면 공연히 좀이 쑤시는 까닭이다. 남이 장에 가니 거름 지고 장에 간다는 격이다. 별달리 살 것이 없는 날에도 그 복잡한 골목을 비집고 들어가서 한 바퀴 돌아 나오는 것은, 그곳 아니고는 만날 수 없는 왁자지껄함과 낯익은 얼굴들이 있기 때문이다.

하단 장에서 가장 정다운 사람을 들라면, 텃밭에서 기른 채소를 가지고 나와 옹기종기 앉아 있는 아주머니들이다. 대개 가까운 명지나 김해에서 온 분들인데, 햇빛에 그을려 가무잡잡하면서도 순박한 얼굴이다. 그 분들을 마주하면 할머니나 어머니를 만나는 것처럼 낯이 익고 정이 간다.

그래서 친숙하고 정다운 곳, 하릴없이 장에 가는 것은 이 분들을 만나기 위해서 지 싶다. 밥 때가 되면 장바닥에 주저앉은 채 점심을 먹는 모습도 보기 좋다. 별달리 체면 차릴 일도 없이 먹어가면서 흥정도 하고 팔기도 한다. 먼지가 풀풀 날리는 땅바닥에 앉아 끼니를 때우며 그렇게 벌어 자식 공부 시키고 용돈 주며 산다는데 생각이 미치면, 그 사는 모습이 숭고하기까지 하다. 이렇듯 정다운 사람들이 있어 하단 장은 더 가깝게 느껴지는지 모르겠다.

장에 갈 때마다 나를 보면 반가이 웃는 아주머니가 있다. 어찌 보면 친정 쪽 먼 올케 같은데, 내가 몰라보고 그냥 웃고만 지나치는 게 아닌가 하는 생각이 들어서 혹시 나를 아는가 물어보았다. 그랬더니, “장에 늘 오니까 얼굴이 익었지요.” 하는 게 아닌가. 친정 쪽 피붙이를 닮아서 긴가민가했다고 하며 함께 웃다가, 사 가지고 오던 오렌지를 하나 건네주고 왔다.

어쩌다 남의 나라를 여행할 때도, 나는 그곳의 시장이 보고 싶어 안달이 난다. 시장만큼 그곳 사람들의 생활이 적나라하게 드러나는 곳이 없기도 하고, 낯선 풍물을 접할 수 있는 곳도 시장 만한 곳이 없기 때문이다.

시베리아를 여행할 때의 일이다. 하바로브스크라는 곳에 기차를 내렸을 때, 우리는 가이드에게 시장 구경을 시켜달라고 졸랐다. 그곳에서 뜻밖에도 김해 명지가 고향이라는 꽃장사 아주머니를 만났다. 지나가는 우리를 보고 일본 말로 꽃을 사라는 것 같아서 우리는 ‘코리안’이라고 했더니, 대뜸, “아이구 한국사람 입니꺼” 하며 경상도 사투리를 내놓았다. 그 얼어붙은 땅, 시베리아에 살고 있는 우리 동포를 만났을 때의 놀라움이라니, 거기다 고향이 명지라니, 우리는 친척이나 만난 것처럼 반가웠다. 세살 때 아버지를 따라 사할린으로 왔다가 여기까지

와서 살게 되었노라고 했다. 어찌 그리 우리말을 잊지 않고 있는지 대단하다고 했더니, 딸도 우리말을 잘 해서 한국기업에 취직했다고 자랑한다. 가무잡잡하고 자그마한 그 아주머니는 닷새마다 열리는 하단 장에서 마주치는 그 아주머니들과 조금도 다름이 없었다.

민들레 씨앗처럼 날아가 그리도 먼 곳에 뿌리를 내려 살고 있는 생명력에 감탄이 절로 나왔다.

그러고 보면 별달리 볼일이 없는데도 하단 장에 들렀다 오는 나는 그곳에 넘치는 활기와 생명력이 좋아서 나도 모르게 발길이 그리로 향하는지 모르겠다. (2009)

신랑과 영감

집에 색다른 음식이 있으면 간혹 노인정에 가져갈 때가 있다.

평생을 마당 있는 집에 사시던 어머니는 아버지 돌아가신 뒤, 낯선 아파트로 옮겨 가 노인정에 마음 붙이다 가셨다. 그 생각이 나서 비오는 날 부침개며 삶은 고구마를 가져가곤 한다.

하루는 쟁반에 수박을 받쳐 들고 갔는데, 파파할머니 한 분이 고개를 밖으로 내밀며 “할매도 들어오소” 하는 바람에 놀라 쟁반을 떨어뜨릴 뻔 했다. 그 말을 듣는 순간, 이게 어찌된 일인가 싶었다. 전부터 이웃에 살던 할머니 한 분이 “할매 아이다 새댁이다” 하는 소리가 들리고 “그래도 육십은 넘었을 거 아이가” 하며 주고받는 말들이 등 뒤에서 흘러 나왔다.

그 뒤로 한동안 노인정에 발걸음이 가지지 않았다. 친구들은 내가 손자를 늦게 본 탓에 할머니 소리를 듣지 않아서 그럴 거라고 했지만, 그 놀람은 좀처럼 가시지 않았다.

그러니 친구들이 자기남편을 ‘영감’이라 지칭할 때 낯선 느낌이 드는 것, 또한 어쩔 수 없다. 영감이라는 말이 저리 쉽게 나올까 의아하곤 했다. 나이를 먹고 아이들이 자라 결혼을 하고, 이런 변화 속에 자연스레 그렇게 되었겠지만, 나는 아직도 '신랑' 이라는 호칭을 바꾸지 못하고 있다. 그것은 아마도 변화에 적응하지 못하는 내 성격 탓일 것이다. 노인정에서 들었던 '할매' 라는 말만큼이나 '영감' 이라는 말도 생소하다. 모르긴 하지만 내가 남편을 '영감' 이라고 부를 날이 올 것 같지 않다.

어쩌다 친구 집 결혼식에 갔다가 혼주로 서 있는 친구의 남편을 보고, "너거 신랑 멋지네" 하고 인사했다가, 새로 맞이하는 사위 보고 하는 말인 줄 알고 고개를 끄덕이던 친구를 보면서 말을 골라해야겠다고 생각은 했었다.

나이 육십이 넘어서도 남편을 '우리 아빠' 라고 지칭하는 사람이 있어 친구들이 흉을 보다보다 결국은 따끔하게 지적을 했다는 말을 들은 적이 있다. 빙충맞은 걸로 치면 나도 그에 뒤지지 않는데, 왜 '영감'이라는 말이 이토록 낯선 것일까. 세상만사가 항상 그대로인 것은 없다는데, 무상無常이라는 말이 무색하게, 늙어가는 나 자신도 남편의 늙음도 받아들이지 않고 있는 게 아닌가.

나에게는 변하는 것은 좋지 않다는 어떤 믿음이 내재돼 있는 것 같다. 입이 헤픈 친구가 있으면 그 앞에서는 말조심을 해서라도 관계를 오래 유지하려 들고, 그러면서 한 번 친구면 영원한 친구라는 믿음을 가지고 지내는 편이다.

하나를 보면 열을 안다고 삶의 방식도 고루한가. 그래서 자식들이 나를 답답해하는 구석이 있는 것일까. 변화를 두려워하지도 않고 새로운 것에 열린 마음을 가지고 있다고 짐짓 생각은 하지만 실제로는 내 방식만 고집하고 있는 건 아닐까.

시동생이 나이가 들어 육십을 넘어서고 있는 데 아직도 '삼촌'이라고 부르는 나를 따라 아이들도 '작은 아버지' 라고 부르지를 못한다. 저걸 고쳐줘야겠다고 생각은 하면서도 나부터 고쳐지지 않으니 이 일을 어찌하나. 동서 보기 미안하면서도 생각만 그럴 뿐, 입이 열리지를 않는다.

아는 분 중에 시의원이 된 사람이 있다. 나는 예전대로 '선생님'이라 부른다. 많은 사람들 앞에서야 '의원님'이라고 부르지만. 사회적인 지위가 달라지면 달리 대접하는 것이 당연한데도 나는 그냥 그대로 부르고 싶어진다. 그런 사회적인 지위는 잠시일 뿐, 내가 알던 이전의 그 사람과 다름없다는 믿음을 가지고 있는지도 모른다. 이런 내 나름의 믿음은 고쳐볼 여지가 있음에도 좀체 바뀌지 않고 있다.

미국 대통령을 지낸 닉슨이 세계의 많은 지도자를 만나고 난 뒤 얻은 결론은 자리가 사람을 만든다는 것이었다고 술회하고 있다. 그렇다면 자리에 따라 세상을 보는 시각이나 사물을 보는 관점이 달라진다는 것이니, 예전의 그 사람이 아님은 자명한 일이다.

직장 생활을 하면서 사무적이지 못한 내 자신이 불편하고 불만스러워 끊임없이 조직사회에 적응하려고 애쓰던 때가 있었다. 일에서 놓여난 지금, 한없이 편하면서도 어떤 상황이 생기면 나도 모르게 사무적으로 처리하려는 나를 보면서, 사람이 변하지 않는 다는 게 사실이 아님을 안다.

그 사람 자체가 바뀌지 않는 다는 믿음은 바람일 뿐, 어찌 환경에 따라 변하지 않을 수 있을까. 당연히 변모된 모습을 인정해야하고 그에 상응하는 대접을 하는 게 맞는 일이다. 그러니 머리가 허옇게 세어가는 남편을 영감으로 부르는 게 자연스런 일임을 알게 된다. 신랑이 나이가 들면 영감이 되는 게 당연한데도 그 말이 내 입에서 나오지 않고 있을 뿐이다.

여름에는 현관문을 열어놓고 지내는 편이다. 우리 집은 아파트지만 앞집이 있을 자리에 옥상으로 나가는 문이 있어서 그 문을 활짝 열어놓고 지낸다. 지난 여름 휴가를 온 딸이, 이 무서운 세상에 문을 열어놓고 있으면 어쩌느냐고 하기에, 아빠가 계실 때는 열어놓고 혼자 있을 때는 닫는다고 했더니, 아빠도 영감인데 무슨 힘이 있을 거냐고 했다. 순간, 그런 생각 자체를 하지 못했다는데 생각이 미쳤다. 남편이 남자라고만 믿고 있는 내 마음이 타성에 젖어있을 뿐, 어떤 상황이 생기면 맥도 못 출 나이에 와 있다는 생각을 하지 못했던 것이다.

그런데도 나이 칠십이 가까워오고 있는 남편을 영감이라 부를 날이 올 것 같지 않으니, 이 고지식함이라니. (2011)